अनुक्रम

प्रेम कहानियाँ

पंजाब की प्रेम कहानियाँ

पंजाब की प्रेम कहानियाँ

लेखक

नरेन्द्र धीर

पराग प्रकाशन

ISBN- 978-81-90714-13-6

मूल्य
495.00

संस्करण
प्रथम, 2025

प्रकाशक : **पराग प्रकाशन,** 33/1, भूलभुल्लैयाँ रोड, महरौली नई दिल्ली-110030, फोन : 41718888, शब्द-संयोजन : पराग प्रिंटिंग सर्विस, नई दिल्ली-110048 द्वारा एवं बालाजी ऑफसेट, दिल्ली-110032 में मुद्रित।

Punjab Ki Prem Kahaniyan
by Narendra Dheer

1. सस्सी-पुन्नूं

नगर के राजा का धोबी पहर रात रहती से ही नदी किनारे कपड़े धो रहा था। दिन-चढ़े उसकी धोबन आई, और अब वे दोनों कपड़े सूखने डाल रहे थे।

"बच्चा नहीं, यदि किसी बच्चे के कपड़े ही मुझे धोने को मिल जाते।" रानी की धोती को निचोड़ती धोबन ने गहरी उसांस ले उससे कहा।

"जैसे हमारे भाग्य, वैसे हमारे राजा के।" धोबी ने भी उसांस भरी।

"सुना था, रानी को कुछ होने वाला है।" धोबन का ध्यान न दिद्या में बही आ रही संदूक-जैसी किसी वस्तु की ओर आकर्षित हुआ--

"देख-देख, कैसी भली जैसी चीज किसी की बह गई है।"

धोबी ने बीच-पच्चीस कदम आगे दौड़कर नदिया में छलांग मार दी व तैर कर वह एक संदूक-सा किनारे पर तैरा लाया।

बहुत सुन्दर व सुथरा बना, आधा ढंका व ऊपर की आधी फट्टियों में हवा के लिए जगह छोड़ी हुई। जब धोबी ने ढक्कन खोला तो स्वर्णिम आभा ने आंखें चौंधिया दीं। सोने की मोहरों से आधा सन्दूक भरा हुआ व शेष आधे में एक नवजात शिशु था जिसके गले में सुन्दर तावीज, सोने की पतली-सी जंजरी में पिरोया हुआ पड़ा था।

धोबन ने भगवान का शुक्र मनाकर हाथ जोड़े व बच्चे को गोद में उठा लिया।

"शहजादी है यह, किसी बड़े भाग्यवान की सन्तान है। जन्म लेते ही भाग्य ने इसे नदी में बहा दिया... पर है यह सुनहरे भाग्यवाली!"

मुख चूमकर धोबन ने कन्या धोबी की बांहों में दे दी।

"सभी कुछ था एक ही अरमान तेरा बाकी था भगवान ने आज वह भी पूरा कर दिया, अब देखना क्या होता है।" धोबी का मुँह नये इरादों से चमक उठा।

धोबी मेहनती व भला होने के कारण राजघराने से बहुत इनाम-इकराम पाता रहता व बिरादरी में अच्छा माना जाता था। निःशंस होकर उसने राजा को बतलाया कि उसके घर पुत्री ने जन्म लिया है व उसकी धोबन चाव के साथ अपनी बिटिया को पालना चाहती है।

बहुत सारी जमीन राजा ने उसे दे दी व उस पर सुन्दर-सा घर बनाने व बाग लगाने का आदेश दे दिया गया।

सांझ समय जब चांद उदित हुआ, मीठा, विनम्र व प्यारा बादलों की ओट में से, धोबन को वह अपनी नयी मिली बच्ची की भांति तैरता प्रतीत हुआ।

"चांद की भांति ही यह लहरों पर तैरती हुई मुझे मिली थी।"

"चलो, इसका नाम भी हम चांद जैसा ही रख दें सस्सी।" धोबी ने सलाह दी।

"सस्सी!" धोबन ने फिर बालिका का मुँह चूमकर कहा "मेरी आशाओं का चढ़ा चांद!"

घर बन गया, बाग लग गया, राजा ने धोबी की मजदूरी भी बढ़ा दी, व धोबियों की बस्ती में सस्सी रानियों की भांति बड़ी होती गई।

किन्तु किसी रानी को यह खुला सूर्य, वह खुली पवन, वह खुला नदी-किनारा व वह खुला आकाश नहीं मिले होंगे। इनकी न समाप्त होने वाली अमीरी ने सस्सी के नयन-नक्श पर ही नहीं, अंग-प्रत्यंग पर भी सौ-सौ जादू चित्रित कर दिये।

उसके चेहरे पर उगते सूर्य जैसी आभा, कमर में लहरों जैसी लचक, आंखों में आकाश की झलक, चाल में पवन की गमक, बोल में तारों की ताल-जिधर से भी सस्सी निकल जाती, आकाश में लांघते तारों की भांति अपनी चमक-दमक छोड़ जाती। कितनी-कितनी देर लोग देखते, पूछते व बतियाते रहते।

महमूद धोबी की कन्या शहजादियों के भाग्य लेकर आई थी। धोबन-कन्याओं के जीवन में सस्सी ने एक ऊष्मा-सी भर दी थी। कई सहेलियों को सस्सी ने अपने जैसा ही रसिक बना दिया था। सारा दिन वे अपने मां-बाप के साथ पहले से भी अधिक कार्य करतीं जिससे शाम पड़े उन्हें सस्सी के साथ नाचने-कूदने व खेलने की छूट मिल जाये।

धोबी-लड़कों के कठिन व फीके दिलों में भी सस्सी ने कई शौक छनका दिये। सस्सी की नजरों में आने के लिए वे कई छोटे-मोटे काम करते। जब सस्सी कपड़े इस्त्री करती, वे इस्त्री ठंडी न होने देते, वे उसके बाग की रखवाली करते। उसके काम आने की प्रतीक्षा में निरन्तर रहते।

एक लड़के दारा को न अपनी शक्ल और न अक्ल पर भरोसा था। वह सस्सी की नजरों में आना अपने भाग्य में नहीं मानता था व छिप छिपकर सस्सी के बाग में घुस जाया करता था। एक दिन सस्सी की सहेलियों की नजरों से वह छिप न पाया। उन्होंने अपनी ओढ़नियां दारे के गले में डाल दीं और कोई इधर तो कोई उधर घसीटे। अन्ततः सस्सी ने आकर उसे छुड़वाया किन्तु दारा बांह से नाक पोंछता यही कहता रहा--"ऐसा बदला लूंगा सस्सी, कि याद रखेगी बुलबुल की भांति फुदकती रहती है- यदि पिंजरे में न बन्द करवा दिया तो कहना।"

राजा के घर में कई वर्षों से कोई उम्मीदवारी नहीं हुई थी। दूसरे विवाह की सलाहें दी जा रही थीं व योग्य कन्या के लिए पूछताछ होने लगी थी। दारा ने कई ढकी बातें उघाड़ने के दावे के साथ राजदरबार में आ बताया कि महमूद धोबी की लड़की केवल सौन्दर्य की राजकुमारी ही नहीं, जन्मी हुई भी किसी रानी की ही है, यह खचरा धोबी किसी प्रकार कोई शाही बच्चा उठा लाया है।

सस्सी के सौन्दर्य की धूम तो सारे नगर में थी ही। राजा ने आज्ञा दे दी कि महमूद धोबी अपनी कन्या को राजदरबार में लाये। धोबी के मन में एक दहशत-सी बैठ गई, "राजा मेरे पास सस्सी को रहने नहीं देगा।" सस्सी भले ही अपने पिता को बहुत धैर्य बंधाती किन्तु उसका मन अन्दर-ही-अंदर डरता ही रहा।

सस्सी को न जीवन का, न राजाओं का किसी प्रकार का अनुभव ही था। वह समझती थी कि जीवन अपनी इच्छा, अपने परिश्रम व अपने सद्व्यवहार का खेल है जिसे जैसा मन चाहे वह उसे खेल ले। उसने भय, सितम आदि अभी तक देखा-भाला नहीं था। साहस व सौन्दर्य की यह सूरत जब राजा के समक्ष हाजिर हुई, उसके अंधेरे दिल व दीवानखाने में कोई किरण मानो कहीं से आ प्रज्वलित हुई हो।

"तू किसकी लड़की है, इतनी सुंदर?" राजा ने चौंककर पूछा। "महमूद

धोबी व उसकी धोबन की।" सस्सी बहुत मान के साथ बोली ।

"धोबन तो नहीं दीखती है, तू तो कोई शहजादी जैसी लगती है।"

"शहजादी तो मैंने कभी कोई देखी नहीं-- एक बहुत अच्छे और भले धोबी-धोबन की कन्या मैं अवश्य हूं।"

"अच्छा, धोबन ही सही, किन्तु मैं तुझे रानी बनाना चाहता हूं।"

"धोबन को आप रानी कैसे बनायें?"

"शादी करके।"

"किन्तु राजन, विवाह के विषय में मैं अभी कुछ भी तो जानती नहीं।"

"अभी तू सभी कुछ जान जायेगी।"

सस्सी का रूप राजा को बहुत भला और अच्छा लग रहा था। उठकर वह उसके समीप चला गया। उसके गले में डालने के लिए उसने बांह आगे बढ़ाई ही थी कि सस्सी के गले में पड़े तावीज पर उसकी नजर पड़ गई। वह झिझक-सा गया।

"यह तावीज तेरे गले में किसने डाला था?"

"मेरी मां ने।"

"ला, इसे देखें?"

"नहीं राजन, मां कहती है, मेरा यह रक्षक है। मैं इसे उतार नहीं सकती।"

राजा ने अपनी रानी को बुलवा भेजा।

"देखना तो सस्सी के गले में यह तावीज कैसा है?"

रानी ने प्रकाश की ओर सस्सी को खड़ी करके तावीज को उलट-उलट कर देखा व सस्सी के रूप से भरपूर चेहरे की ओर ध्यान देकर देखा--

"हाय, मैं मर जाऊं, यह तावीज तो मैंने अपनी अभागिन बच्ची के गले में डाला था।"

राजा व रानी ने अपनी उंगली मुँह में डाल ली। महमूद धोबी को अन्दर बुलवाया। उसके पांव थरथरा रहे थे। सच-सच कहने के लिए राजा ने आदेश दिया। सहमे व घबराये हुए महमूद को इस समय सत्य के अतिरिक्त और कोई बात न समझ आई। सारी बात सन्दूक वाली जस की तस कह सुनाई।

रानी ने सस्सी को गले लगाकर चीखें मारीं "मेरी शहजादी बिटिया!"

सस्सी ने देखा, उसके पालक पिता से समीप खड़ा नहीं हुआ जा रहा था--मां की भुजाएं ढीली होते ही सस्सी ने जाकर धोबी को आलिंगन में भर लिया व राजा पिता से मांग की कि उसके पिता को आराम से बैठा दिया जाये।

धोबी के समीप ही राजा व रानी भी बैठ गये व राजा ने अपनी छाती पर हाथ मारकर अपनी शर्मिन्दगी की कहानी कह सुनाई" अठारह वर्ष हुए हमारे घर इस बच्ची को जन्म लेना था। हमने ज्योतिषी बुलवाये। उन्होंने हमारी इस अच्छी तकदीर को खानदान के लिए कलंक बताया कि यह किसी मुसलमान के साथ विवाह करेगी। इसका प्रेम संसार की चर्चा का विषय बनेगा अपनी छाती पर पत्थर रखकर हमने जन्म लेते ही इसे नदी में बहा दिया। यह तावीज इसकी मां ने इसके गले में डाल दिया था। पाँच हजार मोहरें मैंने इसके सन्दूक में रख दी थीं। इसके बाद इसकी मां कभी भी हंसी नहीं थी कोई भी जीव इसी कारण हमारे घर आया नहीं। हमने बहुत बड़ी भूल की, सस्सी बेटी, तेरे सामने हम मुँह दिखाने योग्य नहीं किन्तु यदि महमूद तुझे हमें लौटा दे, हमारा कुल रह जायेगा। हम इसका कर्जा कभी भी अदा नहीं कर पायेंगे।"

महमूद के दिल में न जाने क्या-क्या उठता किन्तु होंठों तक आकर वह रुक जाता, आखिर सस्सी ने उसकी कठिनाई आसान कर दी।

"किन्तु मेरे राजन पिता, यह फैसला केवल आपके धोबी का ही नहीं होगा, सस्सी ने अपने पालक-पिता को हौसला देते हुए कहा।

"इसके अतिरिक्त और किसे तेरी किस्मत पर अधिकार हो सकता है?" राजा ने पूछा।

"स्वयं किस्मत वाली को सस्सी को !"

"तूने ठीक कहा है--सस्सिये!" राजा सस्सी के मुँह की ओर ताकने लगा-- "मैं तेरे समक्ष ही प्रश्न रख रहा हूं।"

रानी तो पूर्णतया पसीज उठी, "ओ चन्द्रमुखी बिटिया, हमारा भाग्य हमें लौटा दे, अपना अधिकार ले ले मुझ नाचीत को भी कोई चीज बन जाने दे!"

सस्सी ने जननी-मां के जोड़े हुए हाथ अपने हाथों में लेकर दबाते हुए

कहा--

"यह मेरा निश्चय है, रानी मां, सन्दूक में डालकर बहा देने के आपके फैसले से कम कठिन यह भी नहीं है-पालक मां-बाप के साथ विचार-विमर्श कर मैं कल तक आपको कुछ बता सकूंगी। इस समय आप इतनी कृपा करें कि मेरे पिता को किसी सवारी में बैठाकर हमारे घर तक पहुंचा दें।"

दूसरे सारे दिन राजा व रानी सस्सी की ओर से आने वाली सूचना की प्रतीक्षा करते रहे। सांझ पड़े एक धोबी सस्सी की एक पांती लेकर आया। कांपते हुए हाथों के साथ राजा ने चिट्ठी खोल रानी को पढ़ सुनाईः

मेरे राजा माता-पिता जी,

सारी रात मैं जन्मती, बहती, तैरती रही। सारी रात रानी मां का तावीज मेरे हाथों में रहा। उनकी अन्तिम मांग मेरे कानों में व उनके आंसू मेरी आंखों में कसकते रहे।

किन्तु यह कुछ पल व घड़ियां ही थीं, दूसरी ओर अठारह वर्षों के लाड़ प्यार, सेवा व कुरबानियों ने मेरे आस-पास झुरमुट-सा खड़ा कर दिया।

तोड़कर बहा दिये गये कलंक को चांद का उतारा समझकर जिनने मुझे पाला-पोसा, उनका हक मैं उनके घर में रहते हुए भी चुका नहीं पाऊंगी। उनके घर से चले जाना... ओह! मैं जननी मां की चाहतों के समक्ष भी सोच नहीं सकती। कल आपने मुझसे क्षमा मांगी थी, आज मैं आपसे मांगती हूं--किन्तु जब भी बुलायेंगे, मैं आपसे मिलने आया करूँगी।

--आपकी सस्सी

राजा ने रानी को समझा दिया कि सस्सी के अ-मोड़ निश्चय को बदलने का यत्न निर्मूल सिद्ध होगा--"हमने अपना भाग्य बहा दिया, अब सस्सी की खुशी व हमारा सुख इसी सयानेपन में है कि हम सस्सी को अपना जीवन स्वतंत्र रूप से ही जीने दे यह हमरा भेद सम्भाला हुआ ही रखे तो ठीक होगा।"

सस्सी की स्वतंत्रता बढ़ गई। धोबी-धोबन ने सुख का सांस लिया--न जाने कितनी-कितनी बार दिन में मां सस्सी को आलिंगन में ले लेती यह विश्वास करने के लिए कि सस्सी उसी की ही बेटी थी, राजा भी उसे उसके पास से छीन नहीं सका।

सस्सी के सौन्दर्य की कहानियां देश-परदेश में भी होने लगीं।

सूरत-व-सीरत का हुस्न, नक्श व नयनों का हुस्न, रफ्तार व गुफ्तार का हुस्न, साहस व आजादी का भरपूर हुस्न जब किसी एक पर भी आये, उसके सारे लोगों पर ही वसन्त छा जाता है, सारा नगर ही सुन्दर दिखने लगता है, किन्तु किसी के मुँह में अनोखे हुस्न की बातें होती हैं।

रेशमी जुल्फों के अम्बरों में से झलकता चांद महमूद धोबी का घाट हुस्न-परस्तों का काबा बन गया।

कच-मकरान से एक बार सौदागर आये। कई दिन भम्भोर रहे। सस्सी के सौन्दर्य के चर्चे उन्होंने भी सुने क्योंकि उनका अपना शहजादा भी रसिक होने की प्रसिद्धि रखता था। उसके छोटे दोनों भाइयों ने विवाह कर लिये थे किन्तु बड़े शहजादे की आंखों में किसी का सौन्दर्य अभी तक जंचा-रचा नहीं था, राजधानी की कई सुन्दरियां जब उसे देखतीं तो हाथों से अपनी छातियां सम्भालती थीं।

इस सौदागर-काफिले का सरदार बेबियो शहजादे का दोस्त था। बेबियो ने जब भम्भोर की सुन्दरी को देखा व उसका नाम 'सस्सी'--नया चांद--सुना, तो स्वयंमेव ही उसके मुँह से निकल पड़ा वल्लाह ! यह नया चांद तो हमारे पूर्ण चन्द्र-पुन्नूँ की ही जोड़ी है।

जल्दी-जल्दी काम समाप्त कर बेबियो कच-मकरान लौटा व उसने शहजादे पुन्नूं के साथ सस्सी की बातें कीं। सुन-सुनकर पुन्नूं की रग-रग में मिलन की आशा बलवती हुई। पुन्नूं ऐसी ही किसी सूरत का याचक था जो उसे उसके दिल के मिलन के झूले झुलाकर एक बार आकाश को छुआ सके। बहुत परख व बहुत साहस वाला व्यक्ति था। पुन्नूं भाइयों से एकदम पृथक। आंखों का रसिया होने के बावजूद वह भाइयों की भांति औरतों के पीछे घूमता नहीं फिरता था। उसकी सौन्दर्य से प्यासी आंखों में कई सूरतें ठंड पैदा करती थीं। पर उसके दिल की तपिश किसी ने भी बुझाई नहीं थी। एक अमीर व सुन्दर सांझा पुन्नूं पर सभी कुछ बलिहारी करने को तैयार हो गई, किन्तु जिस सौन्दर्य का पुन्नूं बनजारा था, वह सौन्दर्य सांझा का माल नहीं था।

बेबियो यार की बातें सुनकर पुन्नूं ने भी काफिला तैयार किया। सुगन्धियों का पुन्नूं प्यारा था। उसके देश के पहाड़ सुगन्धियों वाले पेड़-पौधों से महके हुए थे। सुगन्धियां कच-मकरान का व्यवहार थीं।

काली ऊंटनी पर चढ़कर सुगन्धियों का सौदागार रेगिस्तान पार करता भम्भोर नगर में जा पहुंचा।

'पत्तण' के समीप घने वृक्षों के झुरमुट के नीचे चम्बे करने आदि इत्र फुलेल, क्योड़े-कस्तूरी की दुकान पुन्नूं ने सजा दी। पुन्नूं स्वयं भी एक महकती हुई सुगन्ध था, श्वेत ऊन के कालीन ऊपर बैठा, चौड़ी छाती, साहसी कन्धे, सुथरे नयन-नक्श, कुंवारा दिल, जाज्वल्यमान मस्तक, उसके युवा रक्त व अनथकी कामनाओं से हजार सुगन्धियां उठती थीं।

उसकी अतर-फुलेलों से भी अधिक उसकी दुकान पर कोमल मुखमंडल की शोभा सारे शहर में फैल गई। किसी-किसी समय उसकी दुकान पर नवयौवनाओं के झुण्ड दीखते। प्रत्येक सुन्दरी को वह 'रानी' कहकर बुलाता व बांका-सा इत्र-भीगा फाहा जब वह नर्म नाजुक हथेली पर रखता तो शर्मीली आंखों की मुस्कान खिल उठती।

चार दिन हो गये, आधे से अधिक माल बिक गया, आधे से अधिक नगर उसकी आंखों के सामने से गुजर गया था किन्तु अभी तक वह सूरत नजर नहीं आई जिसे देखते ही लोग व चीजें सभी के रंग और से और हो जाते व सारा संसार प्यारा-प्यारा लगने लगता।

पुन्नूं की खबर सस्सी तक पहुंच चुकी थी, किन्तु जैसे वह किसी प्रेम-युद्ध के लिए अपना सौन्दर्य तौलने में लगी हुई थी वह कई-कई बार दिन में अपना चेहरा आईने में देखती।

सहेलियों ने मना लिया। आज सारा दिन उसकी सहेलियां मां-बाप का काम बड़े चाव के साथ करती रहीं, पहले की अपेक्षा जल्दी पूरा करके, अच्छे, साफ-सुथरे कपड़े पहनकर वे सस्सी के घर आ गई। सस्सी के अद्वितीय सौन्दर्य का उन्हें मान था। कई बार स्वयं उसकी आभा देखने के लिए सस्सी के कानों में झुमके, जुल्फों में चांद, माथे पर टीके का श्रृंगार करती थीं। आज उनके देश के सौन्दर्य का एक परदेसी के सौन्दर्य से टकराव था। जैसा किसी के दिल में आया वैसा ही उसने सस्सी को भटकाना चाहा। पहले वह कभी कुछ कहा नहीं करती थी, जो चाहे सहेलियां कर लिया करती थीं, किन्तु आज वहे अत्यधिक श्रृंगार के लिए मना कर रही थी, कई आभूषण आज उसने पहने ही नहीं थे।

सस्सी तैयार हो गई। जहाँ खड़ी थी, वहाँ शोले उठते दीख रहे थे।

मखमल के बटुए में मां ने न जाने कितनी सारी मोहरें डाल दी थीं।

सस्सी पुन्नूं की दुकान पर आ गई। कोई धुन्ध-सी मानो उठ गई थी। दिमाग अपने स्थान से उतर गया और दिल ने तख्त सम्भाल लिया।

पुन्नूं ने सस्सी के घुग्गी जैसे गुटकते हाथ पर से सुच्चे गुलाब की आत्मा फाहे से फेरकर कहा "राणों, यह हमारे पहाड़ों का अनोखा चम्बा है।"

सस्सी ने आंखें उठाईं। पुन्नूं की आंखों में प्रथम मिलन की थिरकन उसने जांच ली। वह मुस्करा पड़ी "आपके पहाड़ों में चम्बे के फूलों को भी गुलाब के फूल लगते हैं।"

पुन्नूं ने अपनी शीशी को गौर से देखा "मैं भूल गया रानी, कहना मुझे गुलाब ही था।"

"इतनी बड़ी भूल का हरजाना देना पड़ेगा।" सस्सी ने देख लिया कि पुन्नूं के दिल-रूपी किले का हर द्वार उसके लिए खुला पड़ा है।

"रानी आज्ञा दे।" पुन्नूं संभल रहा था।

"मेरी प्रत्येक सहेली के हाथ पर तुम्हें चुनी हुई सुगन्धियों से भरे फाहे लगाने होंगे।"

पुन्नूं फाहे इत्र में भिगो-भिगोकर लगाता जाता। उसके अन्दर उसका रक्त नाच रहा था व प्रत्येक अंग उसका जाग उठा था। "क्या जादू है यह, प्रियतम के अपना लेने में।" उसकी आंखें सस्सी को कह रही थीं।

कई शीशियां पुन्नू ने सस्सी के लिए एक छीके में डाल दीं। सस्सी ने रेशमी डोरियां, खींचकर काले मखमल के बटुए में से सोने की मोहरें निकालकर मूल्य अदा करना चाहा।

"कल सही, घर आकर आप पसंद कर लें।" पुन्नूं इस व्यवहार को समाप्त नहीं करना चाह रहा था।

दूसरे दिन सस्सी आई, तीसरे दिन भी आई, किसी-न-किसी बहाने पुनूं मूल्य वाली बात टाल ही देता।

इन तीन मिलन ने सस्सी की नजर, सस्सी की चाल, सस्सी के बोल आदि में किसी अनोखे मिलन की आशा धड़का दी। उसकी एड़ियां जमीन पर नहीं पड़ पा रही थीं। मां के गले में जाकर उसने गलबहियां डाल दी--

"सुन री मां, मैंने अपना वर खोज लिया है।"

"कौन-सा है बिटिया, मुझे भी तो बता!"

"वह सुगन्धियों वाला सौदागर है, मां!"

"प्यारी बिटिया, सौदागर तेरे पिता को पसंद नहीं है।"

"नहीं मां, सौदागर तो वह यूं ही है- अन्दर से वह वही है जो मैं हूं।"

चौथे दिन सस्सी मोहरों से बटुआ भरकर ले गई व साथ ही सारी सुगन्धियां भी। पुन्नूं के आगे रखकर जरा मुँह बनाकर कहने लगी-"तुम कीमत नहीं ले रहे, मैं तुम्हारा माल तुम्हें लौटाने आई हूँ।"

"किन्तु रानिये! एक ही माल का मूल्य में दूसरी बार कैसे ले लूं?"

"पहले कभी मैंने कोई कीमत दी भी है?" सस्सी ने हैरान होकर पूछा।

"तुम पहले दिन ही मेरे सारे माल से अत्यधिक मूल्य दे गई थीं।"

"वह कैसे, मेरे अजीब सौदागर ?"

"तुम्हारा हाथ एक बार अपने हाथ में ले लेने के बदले यह सारा कुछ दे देना सस्ता सौदा समझकर ही में घर से चला था।"

"सच-सच कह रहे हो, मेरे अच्छे सौदागर?"

"सौदागर तो, रानीजी, मैं हूं नहीं!"

सस्सी खुशी से जमीन पर से मानो उछल पड़ी।

"मैंने भी अपनी मां को कहा था कि तुम सौदागर नहीं हो... अच्छा, पुन्नूं, एक बार हाथ पकड़ने का मूल्य तुमने चुका दिया, कल इसी समय मेरे बाग में आना, और यदि सदा के लिए मेरा हाथ पकड़ने का मूल्य तुम चुका सको तो सोच लेंगे... कहो, प्यारे पुन्नूं, आओगे न?"

"कदमों से ही नहीं, धड़कते हुए दिल के साथ आऊंगा--कल इसी सनग तुम्हारे बाग में!"

पुन्नूं ने सस्सी के दोनों हाथ पकड़कर उन पर तत्काल लिये हुए फाहों से सुगन्धियां बिखेर दीं।

सस्सी के बाग में वह और उसकी सहेलियां पुन्नूं की प्रतीक्षा कर रही थीं। पुन्नूं उन सभी के लिए उपहार लाया। उसके आस-पास सखी सहेलियों ने घेरा डाल लिया। पुन्नूं उनका भी था। असली सौन्दर्य मालिकों का ही नहीं होता, दर्शकों का भी होता है।

सस्सी के हाथों में उन्होंने पुन्नूं का हाथ पकड़ा दिया। उनके कुंआरे दिलों ने ऐसा नाच नाचा कि हरियाली टहनियों में से कोयलों ने भी कूकना शुरू कर दिया।

"पर पुन्नूं प्यारे, मेरे पिता कहते हैं कि वे धोबी के अतिरिक्त लड़की किसी और से नहीं ब्याहेंगे।" सस्सी ने पुन्नूं को उसके भाग्य से चेतावनी देनी चाही।

"यह तो शर्त, सस्सी, केवल धोबी होने की है तेरा पुन्नूं तेरे लिए भला क्या नहीं बन सकता !"

"किन्तु पुन्नूं, तुम तो कोई राजकुमार से दीखते हो!"

"कल से तुम मुझे धोबी के रूप में ही देखोगी !"

कल आया। सस्सी ने पिता से इशारों में छोटी-छोटी बातें कह सुनाईं। अपने चुनाव की बात कहते हुए सस्सी ने कहा--"पुन्नूं कहता था, असल में तो वह धोबी ही है।"

"ठीक है, तो कपड़े धोकर वह मुझे परीक्षा दे दे!"

दूसरी सुबह कमर में अंगोछा, गले में कुर्ता, सिर से बिलोची बाल मूंड़े हुए, नये सिलवाये कपड़े पहनकर पुन्नूं परीक्षा देने चल पड़ा।

महमूद ने मैले कपड़ों की गठरी उसके सामने खोल दी, पुत्री को कहा कि आवश्यकतानुसार मसाला देती रहे। वह अपने काम में लग गया।

पटड़े पर पुन्नूं कपड़े पछाड़ता रहा किन्तु अपनी आंखें वह सस्सी के चेहरे से उठा न पाया, बहुत ही प्यारा रसीला रस मानो वह ग्रहण कर रहा था-- बिना बोले ही आंखें सम्भवतः आंखों से बातें कर रही थीं। बेध्यानी में कई कपड़े फट गये, तह करते समय सस्सी घुग्गियों को देखकर सोच में डूब गई। पुन्नूं भी बहुत लजाया। अन्ततः सस्सी को एक बात सूझ ही गई।

"क्या कुछ मोहरें लुटा सकने में सक्षम हो सकते हो, प्यारे पुन्नूं?"

"कुछ क्या, जितनी भी कहो। कमी मोहरों की नहीं, केवल तुम्हारी है।"

सस्सी ने तरकीब सुझाई कि हर फटे हुए कपड़े पर वह एक-एक मोहर रख दे। पुन्नूं ने जरा भी ढील न की।

सस्सी का पिता सुन्दर तह किए कपड़े दे आया, किसी एक ने भी उपालम्भन दिया, वरन् सभी पहले से भी ज्यादा प्रसन्न दीखे।

पिता ने प्रसन्न होकर सस्सी को कह दिया--"तेरा चुनाव मुझे स्वीकार है.... तेरा पुन्नूं तो सचमुच बड़ा पक्का धोबी सिद्ध हुआ।"

सस्सी व पुन्नूं का विवाह हो गया। राजा व रानी ने सौगातें भिजवाईं।

सारे धोबियों ने जश्न मनाया। धोबी युवकों ने भी खुशियां मनाई कि सस्सी को ब्याहने वाला उसे उनसे दूर ले नहीं जायेगा वरन् उनके नगर का धोबी बनकर उनकी धोबी-बस्ती की रौनक बढ़ायेगा। धोबी घाट, धोबी बस्ती, सस्सी का बाग व सस्सी का घर राजधानी में सौन्दर्य की यात्र बन गये थे।

असली सौन्दर्य व असली बड़प्पन की रौनक भी सुन्दर हो जाती है।

पुन्नूं सारा दिन महमूद के साथ कपड़े धोता, सस्सी कपड़े तह करती। स्वच्छन्द कार्य के सुहागे ने सौन्दर्य का सोना और भी चमका दिया। सौन्दर्य की धूम तो मची ही थी, सफल व रसिक जीवन के स्वर्ग की धूम भी मच गई। कई लोग अपनी बुझती ज्योति को ज्योतित करने के लिए उनके प्रकाशमान चेहरे देखने आ जुड़ते।

किन्तु पुन्नूं के अपने नगर कच-मकरान में तो मानो शोक की लहर ही व्याप्त हो गई। मां-बाप दुःखी व लज्जित हुए। भाइयों को तो शायद पुन्नूं का वियोग लेशमात्र को भी नहीं था वह उनसे अलग-थलग था, कार्य-कलापों में उनका साथी जो नहीं था, किन्तु परिवार की बदनामी उन्हें चैन नहीं लेने दे रही थी--क्योंकि लोग कहते--"बड़ा राजकुमार धोबन से विवाह करके धोबी बन गया है।"

कई दूत मां की ओर से भम्भोर भिजवाये गए जो यही उत्तर लाये--

"मां, तेरी याद मुझे भूलती नहीं, किन्तु पिता के तख्त के योग्य मैं कभी भी नहीं था। मेरे योग्य भाई चिरंजीवी हों, वे यदि मुझे भूलना चाहें तो भूल जायें। मैं इतना प्रसन्न हूं कि किसी को भी भुला नहीं सकता। अपने वतन कच-मकरान की याद मेरे कण-कण में समाई हुई है, जिसकी धरती पर जन्म लेकर आज मैं फरिश्तों की ईर्ष्या का कारण बना हुआ हूं।"

दूतों के द्वारा बात बनती न देख भाइयों ने योजना बना ली व पुन्नूं को कहलवाया--"तुम्हारी इच्छा पर हम स्वीकृति दे देंगे, किन्तु हम एक बार अपने भाई को देखने के इच्छुक हैं।"

सस्सी फूली न समाई, उसके पुन्नू के भाई आयेंगे, उसके राजकुमार देवर आयेंगे ! अपनी देवरानियों के लिए उसने उपहार इकट्ठे किये। अपना घर सजाया।

भम्भोर के धोबी आपे में नहीं समा रहे थे। राजसी अतिथियों ने आना था, अतिथिगृह में नहीं, उनकी धोबी बस्ती में रहेंगे। बस्ती की हर झोंपड़ी

दुलहन बन गई थी।

पुन्नूं के उमर व तुमर भाइयों का काफिला आया।

साथ ही आयी श्वेत, भूरी, काली ऊंटनियां। उनके घुटनों पर सुनहरी गहने, गले में छलकती घंटियां, पीठ पर रेशम से कढ़े हुए नमदे आदि !

साथ आए सुन्दर-सजीले बिलोच।

सौगातों से लदे-फदे झोले, मेवों और फलों से भरी हुई टोकरियां।

चार दिन सस्सी के घर में जश्न होता रहा। गायकों ने आकर गीत गाये, भाटों ने नकलें की, सहेलियों ने गिद्धे नाचे-गाये। उमर व तुमर की सखावत ने जो भी आया, निहाल कर दिया। कच-मकरानी सुगन्धियां सारे भम्भोर में बिखर गई।

भाइयों की भूखी, भाईचारे की इच्छुक सस्सी ने भाग-भागकर देवरों की खातिर की, देवरानियों की मनुहार पूछ-पूछकर ढोये-ढुकाये, सास के लिए मोहरों के हार बनवाये, ससुर के लिए कपड़े दिये, पुन्नूं की बहनों के लिए अलग-अलग सौगातें गिनवाई।

कल इन बिलोचों को चले जाना है, आज की रात अन्तिम मेहमानदारी की है। सस्सी ने सुच्चे इश्क के खेड़े की व उमर-तुमर ने शरबत-शराब की छबील ही लगा दी, हर व्यक्ति नाचा जो कभी पहले नाचा भी नहीं था।

किन्तु चार दिन एक श्वास में चढ़ती खुशियां थक गई थीं या आज के शरबतों, शराबों में कोई अलग प्रकार की ही वस्तु थी- आधी रात के बाद महफिल कुछ बिखर-सी गई। कोई इधर, कोई उधर लेटने के लिए कोना ढूंढता फिरे। घड़ी ने जब दो बजाये, बलोच अतिथियों के अतिरिक्त सभी सोये पड़े थे।

तुरंत ही ऊंटनियां तैयार की गईं, सामान लादा गया। एक पर उमर ने बेहोश पुन्नूं को धर लिया, पीछे से तुमर ने बैठकर उसे थाम लिया।

दिन चढ़े पर एक-दो की आंख खुली। लगा, मानो कोई सपना था। सस्सी ने आंख मलकर झांका। न उमर, न तुमर और न ही उनका कोई बिलोच... और.. और... न ही उसका पुन्नूं। यहां भी नहीं... वहाँ भी नहीं... बाहर भी नहीं... अंदर भी नहीं।

"हाय री मां, मैं लुट गई! मिलने नहीं आये थे, उठाने आये थे!"

मां ने उसे गले से लगाया, समझाया, सहेलियों ने विश्वास दिलाया,

पिता ने भी धैर्य बंधाया, "पुन्नूं को होश आयेगा, तो वह उस पल रुकने का नहीं। जो तेरे लिए धोबी बन सकता है, वह कभी भी घर नहीं रह पायेगा!"

"नहीं, मां मेरी, वह बस पड़ गया है जालिम बिलोचों के, जो रेगिस्तान पार करके मेरे पास से उसे उठा ले गये हैं, उसका वे पल मात्र को भी विश्वास नहीं करेंगे। पुन्नूं धोबी उनकी छाती में कसक रहा था--उसे मार डालने में भी वे हिचकेंगे नहीं।"

"फिर धीरज रख, मेरी अच्छी बिटिया, भाग्य स्वयं ही करवट लेगा।"

"जो नेहा, मां, मेरे हाडों में बसा हुआ है, उसे भला धैर्य कहां है। जो पुन्नूं मुझे मिला है मां, उसके बिना जीवन ही व्यर्थ है। मैं जाती हूं, रेगिस्तान मुझसे पार नहीं हो पायेगा, किन्तु मेरा दिल भी यहां जम नहीं पा रहा है। मुझे रोक ना, मेरी प्यारी अमड़ी! मैं यहां दो दिन भी जी नहीं सकूंगी, उसके पीछे भटकती शायद मैं बच ही जाऊं !"

सस्सी पागल हो गई। कहे "जाऊंगी, मैं अपने मार्ग से लेशमात्र भी पीछे नहीं लौटूंगी !"

सारा दिन मां व सहेलियों ने उस पर नजर रखी। सस्सी की अन्तरात्मा से उसासें उठें, सारा श्रृंगार उसने उठा फेंका। लटें बिखरकर छितर गईं, पल-पल मर वह उठ बैठी--"बलोच जालिमो, मेरा पुन्नूं मुझे लौटा दो!"

पकड़-पकड़कर बैठाने वाली सहेलियां थक गईं। सस्सी भी हार गई।

वही समय था जब पुन्नूं को उमर व तुमर ऊंटनी पर लाद रहे थे। सस्सी भौंचक्की होकर उठी, सहेलियां न हिलीं- आंख लग गई थी। पुन्नूं के गले का दुपट्टा कील पर टंगा ढूंढा-चूमकर चोली के नीचे रख लिया व दबे पांव घर के बाहर हो गई। तारे झिलमिला रहे थे, "ओ-रे पुन्नूं!... ओ-रे पुन्नूं!" दो दबी आहें उठीं और सस्सी भम्भोर छोड़ गई।

रेगिस्तान का मार्ग पूछती, ऊंटवालों के हुलिये बताती, वह बावली बनी चलती गई। उसके होंठों से मानो कोई गम झर रहा था, उसकी आंखों से कोई निराशा टपकती थी। यात्री बातें करते किन्तु बात सुनने का सस्सी में सब्र नहीं था। उसके कानों में पुन्नूं की ऊंटनी की घंटियां बजतीं, यात्रियों के मुँह से निकले इशारे पर वह उड़ने लगती।

शिखर दोपहर उसे सामने रेगिस्तान दीख पड़ा रेत का सागर! कोई वृक्ष नहीं, झाड़ नहीं, ओट नहीं!

सामने वाली तपती रेत पैरों को जला रही थी, उसके पैरों की मेहंदी जल रही थी। उसने सोचा, दोपहर में वह इसी ओर वृक्ष के नीचे आराम कर ले। एक प्रवाहित स्त्रेत से उसने शीतल जल पिया। उजड़े हुए सौन्दर्य का अक्स पानी में दीख पड़ा व एक कसक-सी मन में उठी, "प्यारे पुन्नूं, एक बार मिल जा व उजड़ा जीवन फिर से बसा दे," और वह भले ही लेट गई, उसकी पुकार सम्भवतः पुन्नूं ने सुन ली। सुगन्धियों के सौदागर की दुकान सज गई। सहेलियों के साथ सस्सी आयी, पुन्नूं ने इत्र का फाहा फेरा-सोयी पड़ी ने हाथ नाक पर रख लिया, श्वास रुका तो नींद खुल गई। सूर्य ढलता जा रहा था।

सस्सी उठी और उसने मील-भर इधर-उधर पैरों पर आंखों से रेगिस्तान का कण-कण छान मारा। अन्ततः उसे ऊंटों के खरों के निशान मिल ही गये। एक खुर अलग-थलग सा छोय !

"यह मेरे पुन्नूं की ऊंटनी का ही खुर-चिह्न है!"

चारों पैरों के निशानों को सस्सी ने चूमा।

"जिन पैरों से प्यारे तुम गये हो, उन्हीं खुर-चिह्नों पर मैं दिन-रात चलकर तुम्हारे पास अवश्य पहुंचूंगी !"

तारकगण झिलमिलाते रहे। सस्सी के नयन झर-झर बहते रहे। आकाश से ओसकण झरते रहे, पैरों से रेत के कण उड़ते रहे। पवन के साथ लटें बिखरती रहीं, छाती से उसांसें उठती रहीं। काल्पनिक घंटियों की झनकार की ताल में सस्सी चलती रही व उसके शरीर की ज्योति मंद होती गई।

जब दिन उदित हुआ तो सस्सी प्यास से बेताव थी। चाहती थी ठंडी-ठंडी जगह कहीं बैठ जाये, किन्तु पानी के बिना दिल जम नहीं पा रहा था। वह चलती रही। एक हरियाली की झलक उसे दीख पड़ी। समीप पहुंची। वह मेहंदी का एक झाड़ था, किन्तु पानी वहां नहीं था। सोचा, पानी के बिना यह वृक्ष तपती रेत में किस प्रकार जीवित है-कहीं-न-कहीं समीप पानी अवश्य ही होगा, किन्तु मिला कहीं भी नहीं। इतनी देर में होंठ, जुबान ही नहीं सूख गये थे वरन् रक्त भी सूख गया था। बेहोश होकर सस्सी गिर पड़ी।

वह जहां गिरी, उसके नीचे से ही मेहंदी के झाड़ों को पानी पहुंचता था। सस्सी के वजन से धरती की रेत नीचे को खिसकी, पानी ऊपर चढ़ आया, उसके सिर को तरावट पहुंची, होश लौटे, हाथों से थोड़ी रेत परे की तो स्त्रोत फूट पड़ा। जान में जान आयी और वह मेहंदी के झाड़ के समीप

आई। उसमें से एक छोटी-सी टहनी तोड़ लाई व उसे स्रोत पर लगा दिया। उसके पत्ते-पत्ते पर अपने हाथों से पानी छिड़का।

यह मेहंदी का बूटा, कहते हैं, अभी भी सस्सी की याद में पूजा जाता है। आशिक इसकी टहनियों को चूमते व मुरादें मांगते हैं। रेगिस्तान के प्यासे यात्रियों के लिए सस्सी ने अपनी फुरकत में स्रोत निचोड़ दिया था।

सस्सी फिर चल पड़ी कि ठंडे-ठंडे वह रेगिस्तान का कुछ मार्ग और तय कर ले। दोपहर की भट्ठी जलने से पूर्व वह कोई ठिकाना ढूंढ़ ले।

खुर-चिह्नों के सहारे वह चलती गई, रेगिस्तान पहले हल्का, फिर गर्म और भी ज्यादा तपने लगा। पुन्नूं के गले का दुपट्टा उसने पवन वेग से बचने के लिए लपेट लिया। दाएं-बाएं सस्सी ने नजर दौड़ाई-एक ओर उसे कोई आवास-सा दीख पड़ा। उधर जाती हुई को उसे कोई गड़रिया अपनी भेड़ें सम्भालता मिला।

"भाई रे। जरा ठहरना तो मेरी बात तो सुन ले।"

गरिया ठिठक गया। क्या सूर्य से कुछ नीचे गिर पड़ा है--कैसा चेहरा। ऐसे चेहरे तो उसकी धरती पर होते नहीं थे।

"एक दुखियारी हूं, वियोगिन हूं। मौत के मुँह में जा रही हूं--पल-दो-पल की मेहमान हूं!"

ऐसे महान गम को समझ तो वही सकता है जिसे मृत्यु ने चाहे अभी देखा न हो किन्तु जीवन ने उसे तोड़-बिछोड़ छोड़ा हो। तो भी भोले गड़रिये की हर अदा उस गम के लिए बेसमझे सत्कार के साथ भर गई।

सस्सी ने उसे अपने वियोग की गाथा कह सुनाई, उससे कच-मकरान का मार्ग पूछा।

गड़रिये की समूची आत्मा पिघल पड़ी। उसे लगा कि इस महिला के लिए खड़े हो पाना कठिन हुआ जा रहा है, वह बैठ गई थी। गड़रिये ने उसे छाया में खड़ी करने के लिए हाथ पकड़ा। हाथ तप रहा था।

छाया में बैठाकर गड़रिये ने कहा- "मेरी बहना, अब तुम चल नहीं सकीं, तुम्हें सूर्य ने डस लिया है—और आगे तुम्हें खुर-चिह्न भी दीख नहीं पायेंगे--कहीं-कहीं पक्की धरती भी आ जाती है... मेरे घरवाले तेरी देख-रेख करेंगे- मैं तुरंत कच-मकरान जाता हूं--तेरे पुन्नूं को भागकर खबर पहुंचाता हूं।"

सौ शुक्र भगवान का व हजार शुक्र उस गड़रिये का सस्सी ने अदा

किया। कहा--"ओ मेरे अच्छे वीरा, जाकर मेरे प्यारे पुन्नूं को कहना कि सूली चढ़ी, दर्दों से घिरी, तेरी सस्सी पागल बनी घूम रही है-बिरहा से लुटी-फटी तेरी सस्सी अकेली भटक रही है... तेरी बस एक ही नजर को तरस रही है... आकर एक झलक दिखा जा!"

उसने सस्सी की सेवा मन में धार ली, उसका गम अब गड़रिये का गम बन गया। सस्सी को अपनी झुग्गी में पहुंचाकर गड़रिया पुन्नूं के देश की ओर भाग खड़ा हुआ।

सस्सी भट्ठी की भांति भुन रही थी। गड़रिये का सारा परिवार उस पर टूट पड़ा--कोई मस्तक को ठंडक पहुंचाये, कोई मुँह में पानी डाले, कोई अल्लाह-पाक से दुआएं मांगे !

दो दिन बहुत ही कठिनाई से बीते। कई बार तो सस्सी घड़ी-पल की ही मेहमान दीख पड़ी। किन्तु कोई कहता, "सामने से कुछ दिखाई दिया है!" तो जान होंठों पर आयी हुई रुक-सी जाती।

डेढ़ दिन जाने व आधा दिन आने का, पुन्नूं की ऊंटनी मार्ग चीरती आयेगी, सभी की आंखें मार्ग पर बिछी हुई थीं। झलक पड़ती तो हट जाते, न गड़रिया, न पुन्नूं, कुछ और ही निकल आता।

इधर सस्सी की श्वासें घटती जा रही थी, बोलने की शक्ति भी समाप्त होने लगी थी। किसी-किसी आवाज पर आंखें खुलतीं और फिर से भिंच जातीं।

"वह ऊंटनी काली ऊंटनी लपकी चली आ रही है!"

सस्सी की आंखें खुली, किन्तु सामने कुछ न देखकर फिर बन्द हो गईं।

काली ऊंटनी झुग्गी के बाहर आ खड़ी हो गई, उसके गले की घंटियां बज उठीं, सस्सी के कान मानो बज उठे हों।

ऊंटनी से दो सवार उतरे। एक गड़रिया था व दूसरे ने चीख मारकर पूछा--"ओ बताओ मेरी सस्सी!"

भुजाओं से पकड़कर उसे सस्सी के पास ले गये।

"ओ मेरी प्यारी सस्सी रानी!"

सस्सी ने आंखें खोलीं-होंठ मुस्कराये, भुजायें फड़की। उठाकर पुन्नूं ने गले में डाल लीं। आंखें चूम लीं। इस चुम्बन की ही सम्भवतः वे प्रतीक्षा में

थीं। वे फिर नहीं खुलीं। पुन्नूं की चीख ने सभी के दिल हिला दिये।

"हाय मेरी सस्सी!"

सारी रात पुन्नूं सस्सी के मौन कानों में अपने भाइयों के जुल्मों के रुदन सुनाता रहा।

दिन में सस्सी के लिए कब्र खोदी गई। देखकर पुन्नूं ने कहा, "और चौड़ी करो--अब सस्सी को मैं अकेली नहीं रहने दूंगा।"

कब्र दोगुनी चौड़ी कर दी गई। सस्सी का जनाजा उसके सिरहाने ला रखा गया। सिर व पैरों को पुन्नूं ने बार-बार चूमा।

जनाजा कब्र में उतारा गया।

"नहीं, एक ओर को करके रखो और अभी मिट्टी न डालो-- मैं दुआ पढ़ लूँ!"

और कब्र के सिरहाने बैठकर पुन्नूं ने आंखों पर हाथ रख लिये। आंखें बन्द होने की देर थी कि सस्सी कब्र में से निकल आयी। विवाह वाले वस्त्र उसने पहन रखे थे। पुन्नूं को बांहों से पकड़कर उसने उठा लिया। उसके खिले चेहरे ने पुन्नूं का चेहरा भी खिला दिया। उन्होंने कमर के आस-पास बांहें डाल लीं। सस्सी व पुन्नूं नाचने लग पड़े। कमर छोड़ उन्होंने हाथों-में-हाथ डाल लिये व कब्र के आसपास उन्होंने "किकली" खेली जैसी सहेलियों के साथ सस्सी के बाग में खेली थी... वे खड़े हो गये, एक-दूसरे की आंखों में आंखें डालकर उन्होंने देखा... होंठ कांपे, छातियां धड़कों व बांहें गलों में लिपट गईं... वे अलग हो गये, सस्सी ने पुन्नूं का हाथ चूमा व चूमती-चूमती वह कब्र में जा पहुंची...

पुन्नूं ने आंखों से हाथ हटाये-वह हड़बड़ाकर उठा, कब्र में झांका, जनाजा उसी तरह टिका पड़ा था- सभी के मुँह की ओर देखा उसी तरह रुंधे हुए थे। कब्र की उसने परिक्रमा की, उसके मुँह से बरबस ही ऊंची चीख निकल पड़ी--

"ओ मेरी प्यारी सस्सी रानी!"

और उसने कब्र में छलांग लगा दी।

❐

2. हीर–सलेटी

'झनां' अपनी झोंक में बह रहा था। परले किनारे 'सियालों' का गांव था। इस किनारे एक सुबह एक सथरी-सी नौका खड़ी थी जिसके चारों ओर खुलती खिड़कियों वाली पालकी दीख रही थी। रंग-बिरंगे कपड़ों के साथ काढ़ी गई फुलकारियां इन खिड़कियों के आगे मचलती पवन के साथ कभी अन्दर, कभी बाहर की ओर उड़ रही थीं। नौका के एक किनारे दो स्त्रियों के साथ एक व्यक्ति हुक्का पी रहा था।

बांके-छबीले-से एक युवक ने समीप आकर पूछा-"भाई, मुझे उस पार जाना है।" "नहीं भाई, यह नौका यात्रियों के लिए नहीं है!"

"फिर किसकी है?" युवक ने नौका को बड़े चाव से देखते हुए पूछा।

"यह हमारे मालिक की सुपुत्री की अपनी नौका है। यात्रियों की नौका कल सुबह-सवेरे ही जायेगी।" "मुझे कुछ जल्दी थी।"

"भाई, तुम कोई और रास्ता निकाल लो, इसमें तो तुम जा नहीं सकोगे।" कहकर उसने हुक्के का एक बड़ा दम लिया।

"अच्छा, तो फिर भगवान ही मालिक।" कहकर युवक ने तहमद व कुर्ता उतारकर सिर पर लपेट लिया और नदी में कूदने के लिए तैयार होने लगा। नाविक हुक्का परे करके उठ खड़ा हुआ।

"ना भाई पहलवान, यह न करना, यह है 'झनां' राजा, कहीं सोचता हो कि यह 'रावी' है।"

"झनां तो झनां ही सही, अन्त कौन ले आयेगा, डुबा ही देगा ना!" युवक किनारे की ओर चल पड़ा।

छलांग लगाकर नाविक ने उसे बाजुओं से पकड़ लिया। और भी दो-चार व्यक्ति आ गये। सभी मना करें, इतना सुन्दर युवक यूँ ही डूब जायेगा, किन्तु युवक कहता रहा--"तैयार हुए व्यक्ति को तैर जाने दो,

भगवान भरोसे किनारे लग ही जाऊंगा। कौन सारा दिन और रात को यहां तारे गिनता रहेगा।" उसे लोगों को सौंपकर नाविक नौका में आ गया।

"कहाँ हो, बीबी रानी?" एक बार तो फुलकारी उठाकर उसने पूछा। "इधर, लुड्डण-मैं देख रही हूं कि किस प्रकार लहरें एक-दूसरी के पीछे दौड़ती हुई मेरे समीप आती जा रही हैं... सांस क्यों चढ़ आया है, लुड्डणो?"

"कोई युवक है, रानी, बहुत सुन्दर। घर से लड़कर आया दीखता है। कह रहा है, नौका में बैठा लो, मैंने इनकार किया ही था कि वह कूदने ही लगा। वह अवश्य ही डूब जायेगा, यदि कहो तो उसे भी पार उतार दें?"

"जाओ, चढ़ा लो न! अपने पास ही बैठा लेना !" और सुन्दरी लहराते दरिया के साथ अपने दिल को लहराते देखने लगी।

उसने अपने काशनी घाघरे की ओर देखा, फिर अपनी विलम्बरी कुर्ती की ओर देखा, तरबूजी दुपट्टे के आंचल को हाथों में पकड़े उसने पैरों के रंगीले नाखूनों को देखा व भुजायें फैलाकर अंगड़ाई ली। अलसाये शरीर की रेखायें समतल हो गईं किन्तु यौवन के दो ज्वालामुखी सूर्य के स्वर्ण मुख को ललकारने लग पड़े।

नौका चल पड़ी व छींटों के साथ छलकती पवन पर "वंझली" की लय थिरक उठी। मोठी थी यह लय। नयी जोड़ी पहचानती और जीवन टोहती थी यह नवयौवना ने दूसरी खिड़की से फुलकारी उठा दी। लय।

लुड्डन नाव चलाता सिर मार रहा था और उसकी दोनों पत्नियां बैठी झूल रही थीं। वंझली के छिद्रों में से मानो कोई जादू झर रहा था।

यह मस्ती किस प्रकार की थी! नवयौवना को ज्ञात नहीं था कि यह कब व क्यों आती है, भले कितने ही अपहचाने रूपों में ऐसी ही मस्ती नवयुवती ने अनुभव की थी। जब मेंहदी रचे हाथ-पैर मारकर वह सहेलियों के साथ झनां में तैरती थी, कइयों ने श्वेत झाग में से चिनगारियां उड़ती देखी थीं। जब पायजेब छनकाती वह चलती थी, उसके छुई मुई पैरों को छाती से लगाये रखने के लिए भूमि उसांसें भरती थी--कइयों ने सुना था। जब वह हँसती थी तो झनां की झनकार भी धीमी पड़ जाती थी।

सेज से उठकर नवयुवती वंझली वाले के समीप आ बैठी। युवा ने देखा, आंखें उसकी भर आई-वंझली होंठों से परे हो गई, "परदेसी दीख पड़ते हो ? बजाये जाओ, बहुत सुन्दर बजाते हो।" सुन्दरी ने कहा। बंझली पुनः होंठों से लग गई व उसमें से कोई लय निकल पड़ी। झनां भी तड़फ उठा।

अपने किनारे तो उसे लहराने ही थे, तीनों युवतियों के दिल भी छलक उठे।

एक-दो तानों के बाद युवती उसे अपनी पालकी में ले गई। खिडकियों पर से सभी फुलकारियां परे कर दीं। "बहुत प्यारी वंझली बजाते हो!"

"पहले मुझसे कभी भी इतनी प्यारी नहीं बजी। सम्भवतः दरिया ही इसका कारण होगा।"

"तुम्हारा नाम क्या है?"

"नाम तो मेरा 'धीदो' है पर सभी रांझा-रांझा ही कहते हैं।"

"सुन्दर नाम है 'रांझा', झांझरों जैसा छलकता हुआ।"

रांझा के होंठ खिल उठे।

"अच्छा बता रांझे, तुम आये कहाँ से और तुम्हें जाना कहाँ है?" युवती मानो उसे जानने का यत्न कर रही थी।

"आया तो तख्त हज्जारे से हूं, पर... बात बताने योग्य नहीं है!"

नौका ने हिचकोला खाया, रांझा लड़खड़ा गया, हाथों से उसे सम्भालकर युवती पछताई--

"मैंने तुझे खड़ा ही रखा बैठ जा," तख्तपोश की एक ओर संकेत करके नवयौवना ने कहा--"तू परदेसी, मैं तेरे लिये परदेसिन। तू अपना काम करके चला जायेगा, मैं क्यों किसी को बताऊंगी।"

"यही तो बात है। मं चले जाने के लिए आया नहीं। मुझे सदा सयाल में रहना है।" युवा के चेहरे पर शर्मालापन-सा था।

"वह तो हमारा गाँव है, तुम्हारा वहाँ कोई संबंध है?"

"न पूछो, बात बताने वाली नहीं।" रांझा नवयौवना के पैरों पर, नाखूनों पर मेंहदी-रंगे चाँद देखने लग पड़ा।

"यदि नहीं भी बताने वाली, तो भी बता दो, मैं तुम्हारा बिगाड़ेंगी कुछ नहीं!"

"वचन दो, तुम मुझ पर हँसोगी नहीं, भले ही बात कितनी ही हँसी-मखौल की क्यों न हो!"

"हँसी-मजाक की तो बात मुझे कोई दीखती नहीं पर लो, वचन ले लो, यदि वचन ही मांगते हो," और नवयौवना ने अपने दाहिने हाथ की सामने वाली उंगली की कड़ेंगी बाएं हाथ की सामने वाली उँगली के साथ डालकर कहा।

नवयौवना की अपनी ओर दृष्टि से दिलेर होकर राँझे ने शुरू किया--

"पुने मैं अच्छे परिवार का हूं-मौजू चौधरी का हूं। किन्तु मां-बाप 'वाहरा' होने के कारण मैं इधर-उधर ही रहता था। सात भाइयों ने जमीन बाँटकर बंजर मुझे दे दी। जमीन की तो बात कोई नहीं थी पर भाभियों ने जीना हराम कर दिया था।"

"तुम्हारी तो होंगी भी ढेर सारी भाभियां ?"

"उनमें से एक की तो मुझे लेश मात्र भी समझ नहीं आई, घड़ी में तोला तो घड़ी में माशा ! सच तो यह है, उसी के दुखों का मारा मैं गाँव छोड़ आया।"

"कोई बदनसीब होगी, जो चाँद जैसे देवर को घर में नहीं रख सकी।"

"शक्ल से अच्छी है। उस दिन उसने कपड़े भी अच्छे पहने हुए थे। कहती थी, उसके पीर का दिन है। भाइयों से चिढ़ा, आकर चारपाई पर पड़ गया था, मैंने उसकी ओर देखा भी नहीं। अन्य भाभियां खाना लेकर खेतों पर गई थीं। वह तो मुझ पर बरस पड़ी--

"अरे राँझे-झाँझे, सुन तो, घर आकर तेरे चेहरे पर बल क्यों पड़ जाते हैं? बाहर तू जीभ मुँह में भी नहीं डालता! कुएं पर रकने लाने वाली महिलाओं को बंझली से कीले रखता है। क्या हम मेरी भाभियां सभी काले मुँह वाली हैं?"

मैं उठकर बैठ गया व उसे खुश करने के लिए बोला--"लो भाभी, तुम्हारे जैसा भला कौन है! तुम यूँ ही गुस्सा कर बैठी हो। आज भाई ने मुझे हल पकड़ा दिया--बड़ा क्रोधित हुआ, मेरा बैल सीधा नहीं था, मारने को आता था।"

"पर मेरी बेध्यानी पर उसका कहर टूटा, वह बोली--भाइयों का काम तुम्हें पसंद नहीं, भाभियों को तुम आंखों देख नहीं सकतेः देखूँगी जब तुम सयालों की हीर ब्याह कर लाओगे।" नवयौवना का चेहरा मुस्कराया।

"हीर के सौन्दर्य की चर्चा हमारे गाँव में भी है, पर सच पूछो तो भाभी के तानों ने मेरे कलेजे में छुरियां ही कौंध दीं और मेरे मुँह से बरबस ही निकल पड़ा--"क्या पता चलता है, भाभी, संयोगों का!"

"यह सुनकर वह और भी बिगड़ गई। कहने लगी-जा फिर बड़े संयोगों वाले, कोई ठिकाना अपना भी बना ले। कल से हम पकाकर तुम्हें नहीं खिला सकतीं। खाना हम खिलायें और वंझली तुम्हारी किसी और के आंगन में बजे ! आज तो खा ले पर कल हमारे घर में तुम्हारे लिये पीने को पानी भी नहीं मिलेगा।"

"सारी रात मेरी भाभी के यह बोल मेरे कानों में गूंजते रहे। बीच-बीच में संयोग मुझे सियालों के घर ले जाकर और ही प्रकार का रास रचाते रहेः पर जब सुबह-सकारे मेरी आंख खुली तो मेरे कानों में भाभी के बोल गूंज रहे थे।"

"मैं घबराकर उठा, खूण्डी उठा ली और घर से चल पड़ा। मस्जिद-मजारों में रातें काटता मैं यहाँ तक पहुंचा हूं।"

"यहाँ तुम्हारा क्या करने का विचार है?"

"हीर के गाँव में कोई काम ढूँढूगा व प्रतीक्षा करूँगा कि भाग्य मुझ पर कभी तो तरस खायेगा।"

"पर यदि भाग्य ने कभी भी तरस न खाया ?" नवयौवना ने मुस्कराकर पूछा।

"दो प्रकार की तसल्ली तो फिर भी कहीं नहीं जायेंगी। एक, किसी भाभी का उलाहना छाती छलनी नहीं करेगाः दूसरी, शायद कभी हीर मेरी वंझली सुन ही ले!"

घाघरे, कुर्ती व दुपट्टे से नवयौवना का रूप अडोल दीखता था पर अन्दर से उसके शरीर का एक-एक रोम प्यार की रौ में बिजलाया हुआ था। "अच्छा राँझन, मेरा भी वचन है कि मैं तेरा भेद किसी पर भी प्रकट नहीं

होने दूंगी। मैं तुझे काग दिलवाने में भी सहयता करूँगी, हीर को तेरी वंझली भी सुनवा दूंगी। तू उसे ब्याह सके या नहीं, यह तेरे व उसके संयोगों पर ही आधारित होगा।"

राँझा उस के मुँह की ओर ताकने लगा। वह अपने मन से पूछा रहा था--"क्या हीर इससे भी सुन्दर होगी?"

"बीबी जी, सावधान, किनारा आ गया है।" लुड्डुण जल्दी-जल्दी नाव सम्भाल रहा था व पत्नी को ताड़ रहा था--"अपनी ओर और खींचकर.."

मलिक चूचक अपने घर के एकान्त पसार में बैठा, मलकी के साथ बतिया रहा था--"माल का हाल मन्दा है। कोई अच्छा ग्वाला मिलता ही नहीं, भैंसें दूध से घट रही हैं, लोगों की भरपूर दूध दे रही हैं।"

इतने में हीर की पाजेबें बजीं व वह मां की चारपाई पर आ धमकी।

"भैंसों का रखवाला मैं ढूंढ लाई हूं, मां!"

"कहाँ ढूँढा है, बिटिया ? भैंसों की बात तेरा पिता भी कह रहा था।"

"मां, है भी बहुत अच्छा, किसी अच्छे घर का जन्मा-पला।" हीर का

चाव खिल-खिल रहा था।

"ऐसा जाट कहाँ से आ गया, बिटिया ?"

"भगवान ने ही भेजा है, ऐसा लगता है। किसी ने गाली दी, कोस दिया, सहन नहीं कर पाया, भाग पड़ा। बड़ा गैरत वाला है। कहता है, कुछ भी हो जाये, वह घर लौटकर नहीं जायेगा।"

मां-बाप ने युवक को देखा परखा। शरीर से सुकोमल पर जीवट व जान से पक्का पाया। हवेली में रहने को उसे स्थान मिल गया। जानवरों की जान-पहचान हीर ने स्वयं करवाई व उसका साहस बंधाया कि वह तबेले में रोटी स्वयं पहुंचायेगी और अन्य रखवालों से भी परिचय करवा देगी।

रांझा सारा दिन तबेले में रहता। कुछ दिन तक नये जानवर उसे कठिन लगे किन्तु उसकी वंझली ने सभी कठिनाइयां आसान कर दीं। वंझली के आसपास जानवरों का झुरमुट झूम उठता।

"अपनी भैंसों की तुम चिन्ता न करना, मजाल है, तुम्हारे ढोर-डंगरों की कहीं से भी शिकायत आये। तू वंझली सुना दिया कर।" सारे ही रांझे के आशिक हो गये थे।"

जंगल वंझली की टेर के साथ गूंजने लग पड़े। कई जाट भी सुनने आ जाते। किन्तु दोपहर होते ही वह वंझली कमर में अटका लेता और कहता, "मेरी रोटी आने वाली है।"

हीर नित्य उसकी रोटी लाती जो प्रायः वह स्वयं ही पकाती थी। इस रोटी में कितनी शक्ति थी कि रांझा सुकोमल अंगों वाला अब नहीं था वरन् पूर्णरूपेण गबरीला जवान बन चुका था।

कभी सामने बैठी हीर को हँसकर रांझा कहता "कितनी भोली बनकर नौका में ही तुमने मेरा हाल पूछा लिया और स्वयं मुझसे छिपी ही रहीं।"

"सच-सच बताना रांझना, वह तुम्हारी भोली-भाली अच्छी और सुन्दर थी या कि यह तुम्हारे सामने बैठी हीर?"

दूध-सी मीठी लस्सी का अंतिम घूंट पीकर व मुस्कराते होंठ पोंछकर रांझा बताता--"वह नौका वाली हीर, सच बताऊं बहुत सुन्दर थी, कोई परी-सी दीखती थी, पर यह सामने बैठी हीर बहुत प्यारी है, मुझे अपनी लगती है।"

"मैं तुझ पर बलिहारी, रांझना ! ला, अपनी वंझली मुझे दे दे!" सदा ही हीर वंझली मांग लेती या रांझा स्वयं ही पकड़ा देता। यह तभी होता जब

दोनों में से एक का दूसरे पर अधिक प्यार आता।

रांझा कहता, "हीर, यह वंझली मेरे होंठों से लगी रहने के कारण मेरे होंठ ही बन गई है। जरा फूंक मार तो इसमें, इसके छिद्रों में से तेरे होंठ मेरे तक पहुंच जायेंगे।"

प्यार के झूले पर झूलते दो जीवन आपा भूल गये। राझे को किसी का चाकर होना भूल गया और हीर को उसका अपनापन भूल गया था। नौका में बैठकर भंवर व नदिया में शैतानी करना वह भूल बैठी थी। उसकी मां प्रसन्न थी, अब कभी भी कहीं से कोई शिकायत या उपालम्भ नहीं मिला।

हीर कार्यकुशल भी बहुत हो गई थी। कात-कातकर उसने छींके भर दिये थे-खाना बनाने में भी आधा काम उसने मां का सम्भाल लिया। पहले चाकर सदा रोटी, कपड़े व रहन-सहन संबंधी शिकायतें ही करते रहते थे। किन्तु यह चाकर तो यूँ था जैसे कोई घर का ही व्यक्ति हो, न रूखी का गिला, न सूखी की शिकायत। भैंसें प्रसन्न थी। मलकी सारे गाँव में दही-लस्सी भेजने लगी थी। एक जोड़े के प्यार ने सारे गाँव पर प्रभाव डाल दिया था। नव्य-यौवनाओं की शरारतें राँझन की वंझली ने सुर में ला दी थीं और युवतियों को हीर ने किसी-न-किसी कार्य में संलग्न कर रखा था। त्रिंझनों में रौनक बढ़ गई थी और छेड़-खानियां कम हो गई थीं।

हीर आत्मा थी उस घर की। उसके जीवन्त व्यक्तित्व से हवेली जगमग चमक उठती थी। यदि कभी तीज-त्योहार पर वह कहीं जाती तो कर्मचारी पूछने लगते, आपस में बातें करते। "आज बीबीजी कहीं भी दीख नहीं पड़ती हैं।"

यदि कभी अधिक दिन बीत जाते तो कर्मचारियों को खाना अच्छा न लगता। किसी को लस्सी का घूँट कम मिलता तो किसी को प्याज के लिए भी इनकार कर दिया जाता।

दो वर्ष बीत गये। मां-बाप को यदि कोई हीर के विवाह की बात करने लगता तो मां को, बेटी बेगाने घर चली जायेगी- यह सोचकर गश पड़ जाती। वह कहती-- "हीर अभी मेरी नन्ही सी तो है, कैसे बच्चों की भांति आकर गले लग जाती है!"

पर गाँव में एक व्यक्ति अवश्य था जिसे हीर की जवानी गले-गले तक चढ़कर चुभ रही थी। यह था उसका लंगड़ा चाचा कैदों। प्रारम्भ से लंगड़े कैदों ने कोई काम-काज नहीं किया था। प्रत्येक व्यक्ति की टोका-टोकी का निशाना वह बना रहा। अंततः वह टोका-टोकी से ऊबकर फकीर बन गया था। जादू-टोने,

ताबीज-गण्डों के कारण उसने अपनी ख्याति अर्जित कर ली थी। जो पहले टोके बिना पास से नहीं गुजरते थे वे अब सलाह लिये बिना आगे नहीं बढ़ते थे। सारे गांव की भलाई-बुराई, बहुत ज्यादा बुराई का वह सदा ध्यान रखता बहू-बेटियां उससे बहुत कतराती थीं वरन् यूँ कहें कि बहुत ही घबराती थीं।

दूसरे की खुशी उसे फूटे मुँह न सुहाती थी। कोई हँसता तो उसकी छाती फटती थी, कोई गले मिलता तो मानो उसका गला घोंटा जा रहा है, कोई खिलखिलाता दीख पड़ता तो वह जलकर कोयला हो जाता था।

अपनी खुशी उससे छिपाकर रख पाना हर व्यक्ति के लिए एक समस्या बना हुआ था। गाँव के बाहर चूचक ने उसके लिए एक कमरा बनवा दिया था। इस कमरे के सामने ही वह तबेला था जिसे रांझे की वंझली ने किसी अविनाशी प्यार का रास-घर बना दिया था।

इस तबेले पर आई हुई थी। कीकर फूले हुए कटीर दुल्हे बने खड़े थे। नदिया का पानी निर्मल था, छायाएं घनी व पक्षियों के पर चमचमाते थे। गाय-ढोरों के थन भरे-पूरे व शरीर जगमग थे। प्रकृति के इस प्यार-कक्ष में रांझे की वंझली आशिक को टेर-टेरकर बुलाती थी। किन्तु कैदों के अन्दर प्रकृति ने इस वसन्त के सारे पत्ते झाड़ दिये। वह अवसर ताड़ता था कि किसी के होंठों तक आये प्रेम के प्याले को वह जमीन पर फेंक सके। हीर विशेष रूप में उसका कोप-भाजन थी। किन्तु हीर का प्यार गहन गम्भीर नदिया की भाँति अपनी गहनता के समान ही अदृश्य था।

एक दिन जब हीर कैदों के कमरे के पास से निकलकर तबेले की ओर जा रही थी तो कैदों को स्वादिष्ट भोजन की सुगन्ध आई। आंख बचाकर वृक्षों की ओट में होता वह पीछा करता रहा।

फूलों से लदे एक कटीर की छाया में रांझा बैठा प्रतीक्षा कर रहा था। हीर को देखकर वह खड़ा हो गया। जब हीर ने भोजन उसके हाथ में थमाया तो रांझे ने उसकी कलाई पकड़ ली।

"हीर रानी, आज मैं कोई बात करके ही खाना खाऊंगा।"

"क्यों, मेरा रांझन क्या आज मुझे से नाराज़ है?"

"नहीं हीरन, बहुत प्रसन्न, किन्तु कभी-कभी मन में कुछ होने लगता है।"

"आ, बैठकर बातें करें, जो चाहे मुझे कहो, मैं तो तुम्हारी दासी हूं।" उसने खाना रख दिया, दोनों आमने-सामने बैठ गये। हीर और समीप को सरक गई।

"दो वर्ष बीतते मुझे पता भी न लगा, पर अब रातें मुझे पहाड़ बन गई हैं। बता न, क्या मैं भैंसें ही चराता रहूंगा व खाना खा छोड़ूंगा।"

हीर ने रांझना का हाथ थाम लिया। "बोल रांझना, तुम क्या चाहते हो?"

"मैं जानना चाहता हूं कि यह स्वर्ग क्या मेरा है या मैं किसी के स्वर्ग को चोरी-चोरी तुनका लगा रहा हूं।"

हीर ने रांझे के गले में गलबहियां डालकर कहा "भगवान के प्यारे गबरू रांझना, मैं तुम्हारी हुई!" "फिर तो सारी उम्र मैं भैंसें भी चराता रह सकता हूं।"

हीर ने खाना खोलकर आगे रख दिया। रांझे की प्रेम-बलि पर आया पहला फूल पुलकित हुआ था। हीर उस पर कृपावन्त थी। वह पर्याप्त काल से जानता भी था, किन्तु कोरी कृपा प्रेम-बेलि को पल्लवित नहीं कर सकती। प्रेम समूचा जीवन-प्राण चाहता है व हीर ने प्रेम की मांग पूरी कर दी। हीर ने उसकी होकर रहने का भगवान की साक्षी में वचन दे दिया। रांझे ने बड़े चाव के साथ पका हुआ खाना खाया। उसकी प्यास आज लस्सी से बढ़ गई व हीर छन्ना लेकर नदी से पानी लेने गई।

एक भिक्षुक कहीं से आ निकला। रांझे से उसने कुछ खाने को मांगा। छन्ने में से कौर भरकर रांझे ने उसे पकड़ा दिया। शुद्ध घी व शक्कर की गहक भिक्षुक के सिर में समा गई।

हीर आकर हाथ मलने लगी। "बड़े दुश्मन की चाल में आ गये हो!" हीर ने बहुत अफसोस किया।

"मैंने सोचा, भिक्षुक होगा, खाकर आशिष देगा।"

"आशिष इस फकीर ने कभी किसी को दी नहीं, कोई आफत समझो आई कि अब आई!"

हीर उदास हो गई। रांझे ने बांहें पकड़कर फिर गले में डाल लीं।

"हीरन, भूल हो गई--पर जब तुम मेरी हो, फिर कौन-सी आफत हम सहन नहीं कर सकते?" उस रात मां के गले में बांहें डालने का साहस हीर का काफूर हो गया। मां कुछ और की और ही उसे दीख पड़ी।

"ए हीरीये! ऊपर से सच्ची और अन्दर से खोटी जहर-भरी ! तुझे पिता की दाढ़ी का भी ध्यान नहीं आया!" एकदम से मां बरस ही पड़ी।

"अम्मा मेरी, बात तो बता, मुझसे क्या भूल हो गई?" हीर ने अत्यंत ही धैर्य से पूछा।

"अरे, तुझ पर कहर टूट पड़े, तू रांझे चाकर को चूरियां खिलाती है! तूने उस के साथ तबेले में सारी शर्म-हया बेच खाई है। मैं मानती नहीं थी... कहूं, नहीं, मेरी बेटी ऐसी नहीं है और न हमारा चाकर ही ऐसा है।"

"रानी मां, इतना क्रोध न कर, तेरी बेटी ने कोई पाप नहीं किया, कोई भी बात बेशर्मी की नहीं की कैदों चाचे को तो पूरा ही गाँव जानता है।"

"उसका कहना मैं कभी भी न मानती, पर यह देख तो वह चूरी सीधा ही शक्कर-घी। इतना घी तो मैंने कभी तेरे बाप को भी डालकर नहीं दिया।" मां बहुत क्रोधित हो रही थी।

"चूरी तो मैं ठीक ले गई थी, पर घी चाचे कैदों का है। मैंने तो जरा ठीक चुपड़कर शक्कर में रोटी मल दी थी। दो वर्ष हो गये हैं उसे घर से आये हुए। हमारे घर में उसने दूध की नदी बहा दी है, मुझे उपयुक्त नहीं लगता था कि हम नित्य खायें व वह कभी मुँह न लगाये। मां, मैं तो स्वयं तुझे कहने ही वाली थी।"

मां हीर के मुँह की ओर देखने लग पड़ी। उसी प्रकार का उसका चेहरा था बल्कि पहले से भी मासूम क्योंकि प्यार ने दिल की सारी शैतानी को घड़ी-दो घड़ी प्रतिदिन मिलन में रचा-गचा दिया था। पर पिता को कैदों ने बातों में हिलगा लिया, एक-दो और खूसट बूढ़ों ने भी हुंकारा भर दिया कि कोई घर देखकर हीर के हाथ पीले कर देने चाहिए। बस, फिर क्या था, नाई-धोबी हर ओर भेज दिये गये। हर ओर से सूचनायें आने लगीं। किसी की जमीनों की तादाद नहीं तो किसी का लड़का दूसरा यूसुफ। सारा दिन हीर की मंगनी की चर्चा ही गाँव में होती रहती।

बात अन्ततः रंगपुर के खेड़े वालों पर आकर समाप्त हो गई। अब हीर को गश पड़ने लगे। उसने मां को अपने दिल की बात कहने की सोची।

"अम्मा, इतनी बातें तुम रोज मुझे कहती हो, मैं सुनती हूं। एक बात मैं भी कहूं यदि तुम सुन लो।"

"सुना हीरीये, मेरी मेहमान बेटी हीरीये!"

"आप चाहती हैं कि लड़का अच्छे कुल का व जमीनों का मालिक हो। मैं कहती हूं मां कि रांझा हर प्रकार से इस कसौटी पर पूरा उतरता है। ध्यान से सुनना, मां! बात मेरी खो न देना!" हीर ने निहोरे किये।

"अरी, फिर वही अंधेर कहने लगी है तो कैदों सच्चा ही था?"

"नहीं, मां, वह झूठा था। तुझे तब मैंने यह कहा था कि न मैंने, न

रांझे ने कोई बात लज्जाजनक की है। अब है स्वामी के चयन की बात। यदि रांझा अच्छे कुल व अच्छी जायदाद का स्वामी हो तो भला मुझे अच्छा लगने का कारण बुरा क्यों हो जाये ?"

"पर है तो वह हमारा चाकर ही ना?" मां ने कहा। "उसे चाकर नहीं था होना, यदि आप उसे उसके भाइयों के साथ रवाना कर देते, जब वे उसे लेने आये थे। वह जाता नहीं था, उसे मैं अच्छी लगती थी।

आपने रवाना नहीं किया, उसने आपका भी दूध दुगुना कर दिया।"

मां सोच में पड़ गई यह तेरी बात झूठ तो नहीं है, हमने उसे रवाना नहीं किया था, इतना अच्छा नौकर हमें कभी भी नहीं मिल पाया था।

"मेरी अच्छी मां, फिर कर दिलेरी, बेटी की आत्मा आशिष देगी। मेरे पिता व भाइयों के गौरव व गरिमा दिन दूनी रात चौगुनी हों।"

हीर मां के गले लगकर रोने लग पड़ी। मां ने ढाढस बंधाया कि वह पिता से बात करेगी।

पिता व भाई सुनकर आग-बबूले हो गये "हीर को मार न फेंकेंगे, नौकर के साथ डोली रवाना कर दें।" किसी ने कहा, "रांझे को झर्ना में फेंककर झगड़ा ही क्यों न खत्म कर दें। न रहेगा बांस, न बजेगी बांसुरी!"

"नहीं-नहीं, मरदूदो, बहिन साथ ही डूब मरेगी!" मां ने समझाया। निर्णय हुआ कि हीर की डोली रवाना करके रांझे से निबट लिया जायेगा।

बेड़ों से बारात आने वाली थी। मुजरे व आतिशबाजी की बातें गाँव-गाँव में हा रही थीं। पर घर में मां व बेटी बारी-बारी रो रही थीं। कभी मां बेटी को समझाती तो कभी बेटी मां को धीरज बंधाती।

"अम्मा, स्त्री के दो पति नहीं हो सकते। यूं ही खेड़ों के घर भेजने का बखेड़ा न कर, मैं काजी को भी कह दूंगी कि भगवान को साक्षी करके मैं वचन रांझा को दे चुकी हूं।"

"सयानी बन बेटी, इतने बड़े बाप की इज्जत मिट्टी में मत मिला।"

"इज्जत व बेटी दोनों बचा सकती हो यदि कुछ दिलेरी दिखाओ।"

"तेरे भाई कतई नहीं मानते !"

"इज्जत जाती सहन कर लोगी पर बेटी को बरबाद होते कैसे देख सकोगी, मेरी अच्छी मां ?" हीर अपना सिर बांहों में लपेटकर चुप हो गई। और कोई चारा काम न आता देख, रांझे के गले लगकर अपना दिल

खोलकर उसे बताने का अवसर हीर ने ढूँढ ही लिया।

"रांझणा, मैं स्त्री जाति की हूं। मेरे बस में तो बस इतना ही है कि डूब मरूं किन्तु अभी तुझे देखने की हविस समाप्त नहीं हुई है। इतना विश्वास कर कि मैं तेरी हूं और आजीवन तेरी ही रहूँगी !" "हीरीये, बेगाने पुत्रों ने कब तुझे मेरी रहने देना है?" रांझे ने उसांस भरते हुए कहा।

"फिर तू ही बता रांझना, जैसे कहे मैं हाजिर, चाहे मुझे यहाँ से निकाल ले चल, कहीं पहुंचा, तेरे साथ मैं हर प्रकार का कष्ट सहने के लिए तैयार हूं!" "सियाल हमें गाँव की मेंढ़ भी पार नहीं करने देंगे!"

"फिर, रांझना?" बांहों को गले में डाल, आंखों में आंखें डाल हीर ने कहा, "मेरे लिए दिल हल्का न करना, एक तुझे ही फिर मिलने की आशा के लिए मैं डोले पड़ रही हूं। तू जानता ही है कि 'झनां' मुझे कितना प्यारा है! यह मुझे 'खेड़ों' से ही छुड़वा सकता है, किन्तु इस प्रकार मैं तुमसे भी छूट जाऊंगी !" "हीरे ! दे वचन पक्का, तू मेरा दिल कभी तोड़ेगी नहीं... तेरे बिना इस दिल का जीवित और जागृत रह पाना असम्भव है!"

हीर ने रांझे का हाथ अपनी छाती पर रख लिया। "वचन क्यों, यह दिल ही निकालकर तू अपने पास रख ले। खेड़ों के पास तो बस मेरी यह प्रतिमा ही जायेगी। न रो प्यारे.... पर मेरे दीवाने, कभी मुझे भूल तो नहीं जाओगे?"

"तुम्हारी नौका में तुम्हारी सेज पर बैठना कभी मैं भूल नहीं सकूंगा। तब तुम मेरी हीर नहीं थीं पर मेरी उदास रातों पर पहला प्रभात थीं, इस प्रभात पर इतना श्वेत चिलकता दिन चढ़ा कि क्या कहने... मेरी हीर है, तू... भला मैं तुझे भूल सकता हूं?"

"हाय रांझना ! यह अपनी वंझली मुझे दे दे।"

"ले ले हीरे ! अब इसे कौन बजाएगा?"

"यह तेरे होंठ हैं रांझना, मेरे सुनसान जीवन से यह बातें किया करेंगे!"

हीर की डोली चली जा रही थी। रुपये-पैसों की बौछार खेड़े कर रहे थे। नाई-कहार दौड़-दौड़कर इन्हें लूट रहे थे। रांझा उन भैंसों को गले लगा रहा था जिन्हें चूचक ने दहेज में दिया था, किन्तु वे रांझे के बिना विदा नहीं हो रही थीं। अपने ध्यान में डूबा रांझा डोली व ढोर-डंगरों के पीछे आ रहा था। डोली के सालू हवा में लहरा रहे थे। पिछली ओर का सालू तो बहुत ही लहरा रहा था। उसमें से हीर अपने रांझन को देख रही थी और जब मोड़ मुड़ा और उसका

उदास मुखड़ा उसे समीप से दीख पड़ा, तो उसके मानो प्राण ही निकल गये।

रंगपुर में बहुल रौनक थी। खेड़ों का सैदा हीर-सलेटी को ब्याह लाया था। हीर के चेहरे की धूम दूर-दूर तक गूंज रही थी वह हीर जिसने नदी किनारे-जंगल आदि को महका रखा था। किन्तु उसकी सास-ननद उसका उतरा व मुरझाया मुँह देखकर विचारों में डूब गईं।

देखने वालियां पूछें- "बहूरानी को क्या हो गया है?

सास ने उत्तर दिया--"रास्ते में ठण्ड-ठकोर लग गयी होगी।"

सैदे का चाव पूरा न हुआ। एक दिन ही नहीं, कई दिनों तक संध्या सनी ही रही। दवा दारू का दौर चल पड़ा। मायके भेजने का विचार ही खेडों ने छोड दिया, रांझे वाली बात की भनक उनके कानों में पड़ चुकी थी।

किन्तु ननद सहती को इस रोग का कुछ-कुछ ज्ञान था। उसका विवाह भी अभी हाल ही में हुआ था, तह हंसमुख हुआ करती थी, किन्तु ससुराल में उसकी हँसी किसी को भी सुनाई न दी। बीच-बीच में कोई फुसफुसा पड़ता" सहती किसी बिलोच की मुरादें मांगती है।"

सहती ने भाभी का दिल टोहा, अपने मुराद की बातें करके उसने रांझन की वंझली देख ली। एक-दूसरे की सहायता व सुझाव के वचन आपस गें लिये-दिये गये।

दिल खोलकर रांझे की बातें उसने कीं, हीर को बहुत सुख और शांति मिली किन्तु स्वस्थ होने का साहस वह कर नहीं सकती थी। बीमारी उसका केन्द्र था जिस कारण सहेजकर वह रांझे की अमानत सुरक्षित रखे हुए थी। दिन-प्रतिदिन वह अशक्त होती गई। उसके स्वामी की चिन्ता बढ़ती गई। उसकी लटकती आशा अब पीड़ादायक हो चुकी थी। वह एक पहलवान मारकर लाया हुआ था।

कोई किसी की बहुआ कहे, कोई कहे किसी ने कुछ कर दिया है, कोई कहे जादू-टोना किया दीखता है।

उधर रांझे का हाल मन्दा था। तबेले में ढोर-डंगर सभी हीर के साथ ही शोभायमान थे। हर वस्तु का रंग राख-जैसा हो गया था, सियालों की हँसी पर मानो उजाड़ ही छा गया था। सुनहरी दोपहरी प्रातः से भी डरावनी हो गई थी।

सन्देश भी हीर की ओर से कोई आया नहीं था। तख्त-हजारे जाने के लिए भी मन नहीं मानता था। नदिया में डूबने को मन नहीं मानता था, बार-बार यह उसांस उठे--"कभी फिर मिलेगी हीररानी", पर दिल बैठ

जाता--"उन्होंने मेरे कारण मायके भी नहीं जाने दिया। कई महीने बीत गये हैं।" प्रत्येक काम के बाद उसे लगता था सारे काम हीर के थे। कामों से शौक उठ गया। जीवन खोया-खोया-सा लगा।

इस बेकरारी में उसे बालनाथ योगी का शांत चेहरा स्मरण हो गया। घर से आते हुए वह जोगियों के मठ में एक रात रहा था। वह मुसलमान था तो भी नाथ जोगी ने उसकी बहुत सेवा की थी।

उसने सोचा-यदि वह भी जोगी हो जाये, जोगियों को गाँव-गाँव, घर-घर में आने-जाने की सुविधा होती है, सम्भवतः कभी हीर से भी सम्मिलन हो जाये। यदि न भी हुआ तो भी हीर के वियोग में वह सच्चा योगी बन ही जायेगा।

रांझा सिवालों से विदा हो बालनाथ के चरणों में जा गिरा। बालनाथ ने बहुत समझाया कि योग उस जैसे सुंदर व्यक्तियों को रास नहीं आयेगा। कदम-कदम पर डोल जाने का भय निरंतर रहेगा। किन्तु रांझा उसे निरंतर विश्वास दिलाता रहा कि वह कभी भी योग को लाज नहीं लगने देगा, वह किसी की वस्तु अथवा स्त्री की ओर आंख उठाकर भी नहीं देखेगा। हीर की याद ने दिल में तुनका मारा व उसने दिल को समझा लिया--

"हीर तो किसी की पत्नी नहीं, उसकी अपनी ही आत्मा है, उसने भगवान के सामने साक्षात् मेरी ही बनी रहने का वचन दिया था।"

बालनाथ ने रांझे के बाल मूंडे, कान फाड़कर मुद्रिकायें डाल दीं, गोरे शरीर पर राख मल दी और रांझे ने फकीरी की अलख जगा दी।

फकीरी रूप भी रांझे पर खूब ही चढ़ा। उसकी बेपरवाही की शोभा दूर-दूर तक फैल गई। वह बहुत अच्छा जोगी माना जाने लगा जिसे न खाने का चाव था, न धन की इच्छा। लगन सदा ही अपने प्रियतम में लगी रहती थी। इस लगन ने कोई लौ आंखों में जगा दी थी।

जब बालनाथ ने समझा कि चोला पक आया है तो उसने बाहर चलने-फिरने की आज्ञा दे दी। एक गाँव उसकी प्रसिद्धि अगले गाँव तक पहुंचा देता व इसी प्रकार एक दिन लोगों ने उसका डेरा रंगपुर के समीप एक बाग में जा लगवाया।

हीर को भी अलबेले जोगी की बातें किसी ने सुनाईं। दीदार की भूखी के अन्दर दर्शन की लालसा जाग उठी। सहती देख आई, कहती "कोई विचित्र फकीर है, देखकर भूख भी समाप्त हो जाती है।"

कई अन्यों ने भी बताया कि जोगी ने कइयों के रोग दूर किये हैं। हीर की सास भी विवाहित पुत्र के कुंवारेपन को देख रही थी। स्त्रियों ने उसे सलाह दी कि वह बहू का हाथ दिखाये। सहती ने भी हुंकार भरी।

ननद-भाभी जोगी के डेरे जा पहुंचीं।

जोगी के दर्शन कर हीर निढाल हो गई। सिर पर सुन्दर बाल-कुण्डल अब नहीं थे। उन बालों की महक उसकी स्मृति में अभी भी सजीव थी। पतले-पतले कानों में कितनी मोटी मुद्रिकायें पहन रखी थीं व लहकने-दमकने वाला शरीर राख से सना हुआ था। केवल उसकी आंखों में रक्ताभ प्रेम की झलक शेष थी।

जोगी ने हीर की बाँह देखी, नब्ज पर रखी उंगलियों ने दिल की तार झन-झना दी "जोग नहीं, हीरीये, तेरा केवल वियोग ही है।"

हीर ने आंखें उठाकर देखा। जोगी ने हंसकर आशीर्वाद दिया। बन्द कपाट खुल गये। हीर के ससुराल में खुशी हुई। आज हीर को भूख लगी थी। उसका माथा उतना पीला नहीं था। सैदे ने शीरनी बांटने का निश्चय किया। हीर ने यह कहकर उसे भुलावे में डाल दिया कि "अब शीघ्र ही ठीक होकर तेरे साथ अपना वचन पूरा करूंगी।" "कोई बात नहीं, हीरे !" तुम ठीक रहो, सारा परिवार तुम्हें स्वस्थ देखना चाहता है।

दस दिन तक हीर व सहती जोगी के डेरे पर जातीं। एक दिन हीर की कुर्ती के गले में वंझली की झलकी जोगी को दीख पड़ी। उसकी आंखों की लौ और भी चमकने लग पड़ी। और जोगी ने सहती के साथ निश्चय कर लिया कि यदि वह मुराद को सन्देशा भिजवा दे तो वह ठीक समय पर पहुंचकर आने वाले शनिवार को अपने मार्ग पर चल पड़ेंगे।

शनिवार वाले दिन रंगपुर में शोर मच गया "जोगी खेड़ों का मुँह काला कर गया। बहू व बेटी दोनों को भगाकर कहीं भाग गया।" उसकी खैर-खबर अभी किसी को पता न चल पाई। सारे संसार में खेड़े अपनी घोड़ियां दौड़ते घूम रहे थे।

कानों से मुद्रिकायें उतार, नहा-धोकर रांझे ने तहमत कमर में बांध ली और छिपते-छिपाते हीर व राँझा नाहड़ां के प्रदेश में जा पहुंचे।

नाहड़ां का राजा, कहते हैं न्याय करता था, मजलूमों की बात सुनता था। संयोग से उसके नगर में आग लग गई। उसने सयानों से इसका कारण पूछा। किसी के मुँह से निकल गया, "उनकी धरती पर बहुत विद्रोह हो गया है। खेड़े किसी की विवाहिता को जबरन डोली में डाल लाये हैं। जिसकी वह

थी वह पता लगाकर निकाल ले गया। खेड़े बहुत शक्तिशाली थे। भाग-दौड़कर उन्हें पकड़ लिया व इतनी अधिक मार मारी कि देखा नहीं जाता था।"

राजा ने खेड़ों को हीर-सहित अदालत में मंगा लिया। रांझे को चोट खाया देखकर हीर बिलख उठी व सभी के सामने उसके गले जा लगी।

खेड़ों ने गवाह पेश किये कि वे सेहरे बाँधकर काजी से निकाह पढ़वाकर हीर को ब्याह लाये थे। राजा ने रांझा से पूछा व रांझे ने उत्तर दिया, "गवाही हीर की लेकर ही बात पूरी हो सकती है। पहले उसकी बात सुन ली जाये।"

राजा ने हीर को कहा, वह निडर होकर सच सच बात बताये। सच बात कहने पर उसके राज्य में किसी प्रकार का भय नहीं है।

हीर बोली, "खेड़े मुझे सेहरा बाँधकर ही लाये थे, किन्तु मेरा विवाह सैदे खेड़े के साथ नहीं हुआ था। ऊंची आवाज में बोलकर मैंने काजी को कह दिया था कि मैंने परमात्मा को हाजिर नाजिर मानकर विवाह रांझे से कर लिया है। फिर भी जोर-जबरदस्ती मां-बाप ने मुझे डोली में डाल दिया व यह मुझे जबरदस्ती उठा लाये। यदि इच्छा के विरुद्ध हुआ निकाह शरह में स्वीकार है तो खेड़े सच्चे हैं और यदि मेरी इच्छा निकाह की बड़ी शर्त है तो मेरा विवाह रांझे से हो चुका व रांझे के साथ ही मैं खेड़ों को त्याग चुकी हूं।"

राजा पर हीर के साहस व उसके अप्रतिम सौन्दर्य का गहरा असर पड़ा उसने अपनी सेना को आज्ञा दी कि वह हीर व रांझे की सुरक्षा का प्रबंध करे व उन्हें सलाह दी कि वे अपने घर पहुंचकर किसी न्यायप्रिय काजी से शरह की पूर्ति करवा लें।

रांझे ने हीर को सलाह दी कि वे तख्त हजारे चलें। "मैं भी यही चाहता हूं, हीर रानी ! भाभियों को जाकर बतलाऊं कि मैं हीर को ब्याह लाया हूं। किन्तु राजा की बात ने मुझे सोच में डाल दिया है।"

"अब काहे का सोच-विचार? राज दरबार के द्वारा मैं तुम्हारी हो चुकी हूं, सैनिक भी अब हमारे साथ हैं।"

"बात तो हीर ठीक है पर भाभियों की जबान तुम जानती ही हो कि कितनी लंबी होती है, वे कहेंगी कि ब्याहकर नहीं वरन भगाकर लाया होगा।"

"फिर मेरा रांझना क्या चाहता है?"

रांझे ने चाहा कि वे झंग-सियाल चलें और यदि हीर के मां-बाप मान जायें तो वह भाइयों की बारात लेकर आये व सेहरा बाँधकर अपनी हीर को

तख्त हजारे ले जाये !

"ठीक रांझना, बिलकुल ठीक है। अब मेरे मां-बाप इनकार नहीं करेंगे। वे खेड़ों के साथ नाराज हैं, खेड़ों ने मुझे मायके नहीं भेजा कई लोग आये... अब मेरी मां अवश्य मान जायेगी!"

झंग सियालों की ओर अब वे रवाना हो गये ! जब परिचित धरती आ गई, देख-देखकर उनका प्यारी कहानी दोहराने लगी। वही झनां की लहरें, वही सियालों के जंगल व तबेले, वही उनकी भूरी-काली भैंसें व वही सुहावने बाग-बगीचे, वैसी ही कुओं पर पनघट की पनिहारिनें।

चूचक व मलकी सूचना पाकर उन्हें लेने गये। हीर के बिना पूरा गाँव सुनसान हो गया था।

मां-बाप ने हीर की मांग स्वीकार कर ली थी। रांझा तख्त हजारे जाने को तैयार हो गया। उसका चाव देख-देखकर हीर अन्दर से वंझली निकाल लाई व उसके होंठों से लगा दी।

"ला हीरे, एक स्वर इस पर आलाप ही लूं, युगों ही बीत गये। प्रतीत होता है। आज फिर यही तान मेरे अन्दर गूंजी है जो भेंट होने पर नौका में मैंने सुनाई थी, वंझली की लय सुनकर हीर की आंखें मिच गई थीं, वंझली लौटाते हुए रांझे ने हीर के हाथ चूम लिये व कहा--"पहली वंझली पर मैं तेरे महंदी रंगे हाथ आंख चुरा-चुराकर देखता रहा था। एक सप्ताह बाद मैं आऊंगा। इस दिन की भाँति ही तेरे हाथों से मेरी भाभियों को तारे टूटते दिखलाई देंगे।"

पाँच दिन रांझे को गये हो गये थे। सहेलियों ने हीर को दुल्हन-सा सजा दिया। मां के चेहरे पर भी रौनक थी। खेड़े की ओर देखते तो उसका दिल बुझ जाता था। आज हीर की सहेलियों से मिलकर उसने हीर के हाथों में मेंहदी रचाई। उसे उबटन मला और कहा- "मेरी बेटी रानी दीखती है।"

तख्त हजारे में रांझे के भाई सुनकर बहुत प्रसन्न हुए कि वे सियाल में ब्याहने जायेंगे। भाभियां रांझे के प्रेम-पूरित चेहरे को देख नयी देवरानी से रश्क करने लग पड़ी, किन्तु देवर अब उन्हें बहुत ही प्यारा लगता। उससे बातें पूछ-पूछकर वे अघाती नहीं थीं।

भाइयों ने खेड़ों की बारात को मात देने का निश्चय कर लिया। वे भी कौन छोटे चौधरी थे। दो दिनों का रास्ता था। ताझी घोड़ियों को धोने लगा दिया गया।

पाँचवें दिन हीर के घर में तैयारी के साथ एक और प्रकार की

खुसर-फुसर हो रही थी। मां घर के द्वार पर शरीह की टहनियां बँधवा रही थी पर चाचा कैदों व चूचक मलक हवेली में एकांतिक बैठे थे।

कैदों कह रहा था--"एक ही बेटी के लिए दो बारातें गाँव में आयें तो हमारा मुँह काला न हो जायेगा?" चूचक औंधा मुँह किये बैठा था।

"कौन नहीं कहेगा कि बेटी चाकर के साथ खराब हो गई होगी।" कैदों बातों में जहर घोल रहा था। चूचक ने कहा--"दरवाजे पर आई बारात को अब कैसे लौटायेंगे... कह जो चुके हैं।

कैदों ने माथे पर से चुटकी बजाकर मानो कोई नयी बात ढूंढ निकाली हो... भाई को समझाया- "है तो बहुत कठिन बात पर अब हमें हीर के जीवन से हाथ धोने ही पड़ेंगे।" चूचक का दिल दहल गया।

"भैय्या, तुम्हें दिल पक्का करना ही पड़ेगा। जीवित हीर को तख्त-हजारे ले जायेंगे तो हमारा मुँह दो दरगाहों में काला हो जायेगा।"

पहले पिता ने बेटी की खुशी परवान चढ़ाई थी, आज वही लाड़ों पाली बेटी को पूरी तरह न्योछावर करने को तैयार हो गया। उसने मान लिया, उसके पुत्रों ने मान लिया कि चाचा कैदों शर्बत में जहर घोलकर पीरों का आबे-हयात हीर को पिला देगा।

परसों तख्त हजारे ने सियाल में बारात लानी थी। रात को जब गाने गाकर सहेलियां गयीं तो मां ने मिन्नतें मांगी। तो चाचा कैदों पीरों की सौगात ले आया। आबे-हयात का प्याला जो दिन-रात उसने पीर बादशाह की कब्र के सिरहाने रखा हुआ था--"हीर, तू खुशहाल रहे।" उसने वह हीर को पिला दिया। आधी रात पड़े हीर को कुछ हो गया। उसने मां को आवाज दी "मां... मां... वह छींका मेरा इधर करना... मैं मारी गई... मां...!"

मां को मानो सांप सूँघ गया हो। छींका वह ले आई। उसमें से हीर ने वंझली उठाकर होंठों को छुआ ली व अपनी छाती पर रख ली।

"अम्मा मेरी, मिल ले, मैं जा रही हूं-वह आबे-हयात नहीं था, जहर का प्याला था... मेरी अच्छी मां!"

मां बेहोश-सी उसके पास ही गश खाकर गिर पड़ी व उसने चीख मारी-"मेरी रानी बेटी।" "मेरा रांझन राजा।" और हीर की आंखें मुंद गईं।

सारे गाँव में शोक व्याप्त हो गया। घर-घर में कैदों कहता रहा "जुल्म हुआ, हीर को किसी ने काट लिया है, बारात द्वार पर आई खड़ी है।"

बारात के बाजे द्वार पर बज उठे। कैदों, चूचक व हीर के भाई आगे बढ़कर उन्हें खबर देने गये। सुनकर सभी के रंग उड़ गये किन्तु रांझा न माना।

रांझे ने कहा, “बारात कब्र तक जायेगी। मैं ब्याहने आया हूं। ब्याहकर ही लौटूंगा। हीर का विवाह मेरे साथ अवश्य ही होगा।”

इस गम की आज्ञा कौन मोड़ सकता था। कब्र पर बारात पहुंच गई। अभी कब्र कच्ची थी, केवल एक ही पत्थर सिरहाने पक्का रखा था।

“यह है हमारी लाड़ली बच्ची की कब्र जिस पर भाग्य मेहरबान नहीं हुआ।” चूचक ने रोकर कहा--

रांझे के भाइयों की आंखों से आंसू टप-टप बह पड़े। किन्तु रांझा कब्र की ओर एकटक देखता रहा जैसे मिट्टी उसकी चाहत में से हट गई हो व वह हीर की छाती से लगी अपनी वंझली देख रहा हो।

वह क्रब के साथ लेट गया। आलिंगन करके उठा व सिरहाने की ओर जाकर पत्थर उठाकर इतनी जोर से अपने सिर पर दे मारा कि रक्त के फहारे फूट पड़े व कच्ची कब्र की मिट्टी में रच-मिच गये। रांझा गिरा। उसके मुँह से चीख निकली, “हाय मेरी हीरीये!” जब उसका गर्म रक्त मिट्टी में चू-चूकर हीर की छाती से लगी वंझली तक पहुंचा तो कइयों को लगा कि उन्होंने कब्र में से उठी एक और चीख सुनी--“हाय मेरे रांझना!”

❐

3. सोहणी–महीवाल

गुजरात नगर के पूर्व की ओर एक एकान्तिक-से बाग के ऊंचे-लंबे शीशम की छाया में कोई भड़कीला डेरा उतरा हुआ था। नये निराले तम्बुओं के आस-पास चटकीले छापे वाली कनातें दीख रही थीं। एक ओर सांढनियों के गले में घंटियां छनक रही थीं, अरबी घोड़ियों के शरीर चमकते व नौकर-चाकर इधर-उधर घूम-फिर रहे थे।

अभी एक सप्ताह भी नहीं हुआ कि एकान्त-सी यह जगह थी, पर आज इसमें कोई आत्मा मानो आ गई है। राजकुमारों-जैसा कोई व्यापारी बच्चा पेशावर जाता हुआ यहाँ भटक गया है। उसकी परख भरी आंखों ने इस स्थान की रमणीयता जांच ली। इसके सामने आशिकों का प्यारा झनां प्रवाहित है, उसकी खिलखिलाती लहरों पर शामों का सूर्य सोने की चोट कर रहा है।

इस व्यापारी-पुत्र की अमीरी व दरियादिली की चर्चा शहर के विशेष स्थानों, महराबों, बैठकों, बाजारों में है, हर मुँह में इसी की बातें हैं-- बुखारे के हीरों के सौदागर अलीबेग का इकलौता तबीयत का भी इकलौता देखने-जानने का शौकीन, दो मुंशी सदा साथ, इसे पंजाबी सिखाते हैं-- जितना जवान, उतना ही सुंदर, जितना सुंदर उतना ही मुरव्वती--जिस नगर से गुजरता है वहाँ की कलाकृतियां खरीदता है--कल इसके आदमी तुल्ले कुम्हार से कई कूजे व बादिये खरीदकर लाये थे--सैर-तफरीह के लिए भारत आया है-दिल्ली के सम्राट को इसने कई उपहार दिये, अम्बर मुश्क व मुश्क तिब्बती, हीरे, लाल, पुखराज व नीलमसम्राट ने इसे सारे देश में सैर तफरीह की सुविधायें दी हैं, अपना समुन्द घोड़ा भी दिया है--आज रात उजड़े प्रदेश को आबाद करने वाली इस आत्मा ने गुजरात नगर के कलाकारों, गायकों व धनाढ्यों को अपने डेरे में आमंत्रित किया है, बुलाया है।

दावत की तैयारी हर ओर प्रत्यक्ष है। कालीन बिछ रहे हैं, जर्दे व मुर्गजोश की खुशबू उड़ रही है। दो व्यक्ति इस तैयारी की देख-भाल किये जा रहे हैं। इनमें से एक की कैसी चाल-ढाल, कैसे उसके नयन-नक्श, कैसा उसका मस्तक । बोल व अदा की तो बात ही कोई क्या करे!

फूलों से जड़े-भरे नाशपाती के वृक्ष के नीचे वह खड़े हो गये। फलती-फूलती टहनियों की ओर देखकर एक के मुँह से निकला "सुबहान अल्ला!" ज्यों उसके अपने होंठों की मुस्कान व दांतों की मुक्तावली ने बदाई नाशपाती का हुंकारा भरा हो।

"सआदत, आज की महफिल सदा याद रह जाने वाली महफिल हो, शराब-शरबत बल्ख बुखारे के, किन्तु पिलाये जाये यहाँ के सागरों में-- कितने सुंदर सागर व बादिये तू कल शहर से खरीदकर लाया था!"

"हाँ, इज्जत ! बहुत ही बांके हैं, बांके हैं यहाँ के सागरो-पैमाने--मिट्टी से बने भी शीशे को मात देते हैं। उनमें ही आज हम यहाँ के लोगों को सेहत के जाम पिलायेंगे।"

"कल तुम मुझे भी ले चलना, इन कुल्हड़ों के कृतिकार के दर्शन मैं भी कर आऊं!"

दूसरे दिन सवेरे इज्जत बेग व सआदत अली तुल्ले कुम्हार के घर की ओर चले जा रहे थे। बाजार में दुकानों से उठ उठकर लोग उनकी ओर देखते व रात्रि की महफिल की तारीफें कर रहे थे।

तुल्ले कुम्हार की शोहरत भी सारे पंजाब में थी। कहाँ उसके बर्तन, खिलौने, प्याले व बादिये नहीं पहुंच पाये थे? उसके घर के आगे बड़े खुले-से आंगन में कई-एक छोटे-छोटे ढेर थे, किसी में बर्तनों की कतारें, किसी में बच्चों के खिलौने, खेलने के लिए कृष्ण-गोपिकायें। किसी में पंछी व चौपाये, मानो अभी जंगल से लौटे हों। सामने की ओर हवेली में भैंसें बंधी हुई थीं।

स्वयं तुल्ला एक ढेर के सामने अपने जादुई चाक पर बैठा मिट्टी के गोलों में गजब का सौन्दर्य ढाल रहा था। लगभग पैंतालीस वर्षों का चमचमाता चेहरा सुन्दर-सी दाढ़ी चेहरे पर चमक रही थी व सारे घर में काम ही काम दीख पड़ रहा था।

उसकी बायीं ओर बैठी एक नवयौवना मिट्टी ठीक कर रही थी। नवयुवती भी ऐसी मानो तुल्ले ने स्वयं अपने जादुई चाक पर बड़े चाव से

गढ़कर तराशा हो!

दो परदेसी आंगन लांघकर तुल्ले के समीप आ खड़े हुए।

"आओ, स्वागत है, बैठ जाइये। बेटा सोहणी, जरा चारपाई तो बिछा मेहमानों के लिए !"

युवती ने बड़ी फुर्ती से चारपाई बिछा दी। अतिथियों को समझ न पड़े कि वे किस ओर देखें--एक ओर कृतिकार की कृति, दूसरी ओर नवयौवना का अछूता सौन्दर्य !

"यह मेरे स्वामी इज्जत बेग हैं!" सआदत ने कहा।

"अस-सलाम-अलेकुम-मेरे सिर-माथे पर।" तुल्ले का चेहरा खिल गया।

"परसों मैं आप से कितने ही सागरो-मीना ले गया था। हमारे इज्जत बेग को वे बहुत ही सुन्दर लगे। आज वे कुछ और खरीदने व आपसे भेंट करने आये हैं।"

"मेरी खुश-किस्मती ! जो आज्ञा हो। बेटा सोहणी, तू जा, दिखा इन्हें, जो भी ये पसन्द करें। मेरे हाथ का यह फूलदान इस समय गले तक आया हुआ है।"

धम्म-धमा-धम्म--व तुल्ले की उँगलियां फूलदान के गले पर रखी गईं जैसे किसी आशिक की उँगलियां अपने प्रेमी के गले पर रखी जाती हैं।

आगे-आगे सोहणी, पीछे-पीछे मेहमान अबोले शब्दों के साथ अक्षुण्ण मौन में ताल-स्वर की पूर्ति करते कदमों से सोहणी चली जा रही थी। एक कमरे का द्वार उसने खोला। मौखा धड़क उठा ! उठकर सोहणी चीजें दिखाती रही व जो भी चीज सोहणी दिखा इज्जत अलग रखवा दे। एक चीज रखकर दूसरी सोहणी ले जाये, इज्जत मानो, किसी सपने में डूब जाये, "और इसके पैर, यह कदम जमीन पर रखती है या मेरी छाती पर कुलाचें भरती है!" उसने मन-ही-मन कहा।

अपने पल्ले से झाड़ती एक बादिया सोहणी लाई।

"यह बादिया अब्बा ने बहुत ही परिश्रम से बनाई थी।"

इज्जत ज्यों सपने से चौंक पड़ा। दोनों हाथ बढ़ाकर पकड़ते व देखते बोला, "कितना सुन्दर है इसका घेरा कोई नशा-सा है इसकी रेखाओं में।"

और जब बादिया पकड़ाकर सोहणी कोई और चीज ले गई तो इज्जत

ने सआदत से मुँह परे करके अपनी उँगलियां होंठों पर छुआ लीं। "उसके पैरों की बिजली?" वह मन-ही-मन कह रहा था।

टुप-टुप करती सोहणी ने एक प्याला उसके हाथ पकड़ा दिया। कहने को तो यह मिट्टी का प्याला था, पर आंखों के सामने नचा-नचाकर इज्जत इसकी किनारों की रेखायें, इसकी सुन्दर गोलाई, इसके ऊपर के थले पर चाँद व इसकी निचली तल पर ऊपर देखती परी मूर्ति की ओर कितनी ही देर तक देखता रहा। सआदत ने प्याले के रंग की प्रशंसा की।

"रंग-रंग।" इज्जत बोल उठा "ज्यों धूप में आई सुन्दरी का चमचमाता मुँह--और देखो इसकी बारीकी, ज्यों कोई पतली सुन्दर कमर!"

इज्जत बेग को लगा जैसे वह प्याला खाली नहीं, भरपूर था, उसने इसे होंठों से लगा लिया।

सोहणी हँस पड़ी त उसके नाक में पड़ी बुलाक होंठों पर झूल पड़ी। इज्जत को पहली नजर में ही यह आभूषण बहुत विचित्र लगा था, किन्तु सोहणी का हँसता मुँह देखकर उसे 'मोतियों के सन्दूक को सोने के लगे ताले' वाली किसी कवि की उपमा याद हो आई।

"मैं देख रहा था, होंठों पर यह कैसे लगता होगा।" इज्जत ने सोहणी की हँसी के उत्तर गें कहा।

"किन्तु यह अभी कोरा है, जब रच जायेगा, होंठों को होंठों जैसा ही कोमल लगेगा।" सोहणी ने सहज-स्वभाव ही प्याले की प्रशंसा की।

इज्जत को तो सचमुच उस प्याले के होंठों से भी नरम किसी होंठों के जोड़े की छुहन झनझना गई व उसने वह प्याला अपने सामने पड़े ढेर से जरा अलग करके रख लिया। कितनी देर वह इस प्याले पर उँगलियां फेरता कुछ बोल न सका।

"मैंने सभी नमूने आपके सामने ला रखे हैं, जो आपकी पसन्द हो, आप बता दें।" सोहणी ने कहा।

"मुझे इस दुकान की एक-एक चीज पसन्द है।" इस समय वह सोहणी की तारों जड़ी चुनरियां के उड़े पल्ले के नीचे रेशमी रात में विदग्ध चांद को देख रहा था।

"किन्तु आप लेंगे कौन-कौन?" सोहणी ने सिर पर कपड़ा ऊंचा करते हुए कहा।

"यदि मैं मूल्य दे सकता होता तो सभी खरीद लेता। अच्छा, अब जो तुमने लाकर रखी हैं, इनकी कीमत मुझे बता दें।"

लगभग बीस चीजें थीं, छोटी-बड़ी। सोहणी ने एक-एक का मूल्य ऊंची आवाज में जोड़कर दस रुपये कहे। सआदत ने तुरंत पेश कर दिये।

"हमारा आदमी आकर यह चीजें ले जायेगा, हम अब उस्ताद साहब से छुट्टी लेकर चलेंगे।"

तुल्ले ने हँसकर पूछा, "बेटा, कीमतें तो ठीक बताई थीं न--मुझे बता, कहीं ज्यादा न लगा दिया हो, यह हमारे मेहमान हैं।"

"बहुत ठीक!" इज्जत जल्दी में बोल उठा "बल्कि मिट्टी के भाव में सोना लिये जा रहा हूं।"

दावत के तीसरे दिन डेरे को प्रस्थान का आदेश था। कनातें तह की जा रही थीं, सामान सन्दूकों में रख, जा रहा था, किन्तु तुल्ले की दुकान से लौटकर इज्जत ने एक हफ्ता और ठहरने का आदेश गुना दिया। खुशी की एक लहर समूचे डेरे में लहरा गई। झनां का किनारा व गुजरात के लोग बुखारावासियों को अच्छे लगे थे। आज उन्हें छुट्टी पर दुगुना खर्च भी इज्जत ने दे दिया।

स्वयं इज्जत शाम तक अपने तम्बू में से न निकला। उसके दिमाग में कई इरादे निर्णय के लिए बेसब्र हुए जा रहे थे। उसे अब पेशावर जाने का कोई खिंचाव नहीं रह गया था। पहली गिनतियां सभी गलत हो गई, सोचते-सोचते ही आंख लग गई- एक सुहावना जंगल-ठण्डे स्रोत, वनपांखी फुदकते, पवन में उसके संगीत की थरथराहट--हिरण कुलांचे भरते, मोर नाचते, किन्तु सभी से बेध्यान-स्वयं वह कभी किसी के, कभी किसी के पीछे चलता रहता--प्यास लगने पर वह पीता, भूख लगने पर खाता, किन्तु न कभी उसकी प्यास ही मिटी और न कभी भूख ही शांत हुई। पीछे किसी ने उसके कंधे पर हाथ रखा--उसका पिता था, कहने लगा, "ओ मेरे चांद बेटे, क्यों भटकते हो? चलो घर, अपनी खब्त पर काबू पाओ, मुझे वह कीमती हीरा हाथ आया है कि उस पर शाह बादशाह आपस में लड़ेंगे..."

"पर मेरे अब्बा, मेरा हीरा अभी मिला नहीं।"

"जो तुझे मैंने दिया था ? कोई बात नहीं, उस जैसे ही दस और मैं तुझे दूंगा।"

"नहीं अब्बा, आप वाला नहीं, कोई मेरा साथी था, जिसके लिए मेरी आत्मा भटकती है। उसके नाक-नक्शे मुझे याद नहीं, पर बोली की मुझे पहचान है। उसके स्पर्श की मुझे अच्छी तरह पहचान है।"

उसके अब्बा ने उसे अपने साथ वापस लौटने का हुक्म दे दिया। वह कांपा और नींद खुल गई।

उसने सुख की सांस ली। उठकर सुराही में से सागर भरा जो वह सुबह खरीदकर लाया था, फिर सआदत को बुलाकर बात-बात में इच्छा व्यक्त की--"यदि मैं इसी देश में रह जाऊं?"

"यह कैसे हो सकता है ?" सआदत ने बात को महत्त्व ही न दिया "तुम्हारे अब्बा तुम्हारा पथ निहार रहे होंगे।"

इज्जत ने यह बात बन्द कर दी।

रात में खाना जल्दी खाकर इज्जत अपने तम्बू में चला गया। उधर रात में खाना बना रही सोहणी ने भी ऊंगलियां जला ली।

"क्यों सोहणी, आज क्या हो गया है तुझे?" मां ने पूछा।

"आज मेरा मन कुछ ठीक नहीं लग रहा, मां।"

"उठ, मैं पकाती हूँ, तू आराम कर ले। पिता तेरा कह रहा था कि तूने चार दिन की कमाई दो दिन में ही कर ली।"

सोहणी का मन ठिकाने नहीं था। रह-रहकर वह व्यापारी-पुत्र उसकी आंखों में आ जाता था। व्यापारी-पुत्रों की अनेक कहानियां उसने अपनी मां से सुन रखी थीं, किन्तु आज तो स्वयं सोहणी ने प्याला उसके हाथ में पकड़ाया था, जिसे उसने होंठों से लगा लिया। वह उसकी आंखों में देख मुस्कराई थी। सोहणी की उँगलियों की पौरों पर उसके हाथों का स्पर्श अभी तक चटक रहा था।

उसने बहुत सोचा, न उस जैसा व्यक्तित्व उसने पहले कभी देखा था, न बातचीत ही पहले ऐसी सुनी थी। उसकी हर हरकत उसका दिल कुरेद रही थी, उसका प्रत्येक शब्द सोहणी के ऊंचे झूले पर झूलते दिल को झुला रहा था।

कभी उसने सपने में ऐसे व्यक्ति के नयन-नक्श मन में चितरे हुए थे किन्तु आज तो जागृत संसार में वह सिर से पैर तक सोहणी के दिल में समा गया था। संसार कुछ और ही लगने लग गया था। वह अपने पहले संसार

से दिल छिपाने लग पड़ी। उसका शरीर वह न रहा, अभी तक अछूते रहे अंगों से स्पर्श किये जाने की चाह उभर-उभरकर दहाड़ी थी। उसकी आशायें और हो गईं। यकायक उस का सारा जीवन जल उठा। अल्हड़ रूह पर से मासूमियत का सांचा चूर-चूर हो गया।

अगले दिन सोहणी अपने अब्बा के लिए मिट्टी तैयार कर रही थी। पिता सुराही की गरदन चकरा रहा था। सोहणी को बार-बार परदेसी की याद आ रही थी--कभी उसकी उंगलियां यदि अपने होंठों को लग जातीं तो उंगलियों की याद और ही उसे झुनझुना देती।

"एक बार एक बार यदि वह फिर आ जाये," सोहणी आंख उठा-उठा कर आंगन के द्वार की ओर देखती-पिता को मिट्टी देना भूल गई।

तुल्ले ने सुराई पूरी कर ली थी।

"बेटी सोहणी, चाक यूं ही घूमे जा रहा है, पकड़ा गोला--इस सुराही के माप का प्याला बना दूं!"

"लो, अब्बा", जल्दी से हाथ बढ़ाकर उसने कहा, "द्वार से किसी व्यक्ति के घुसने की ओर मेरा ध्यान चला गया था।"

द्वार में घुसा व्यक्ति भी उनके पास आ खड़ा हुआ।

"जो चीजें मैं उस दिन ले गया था, उतनी ही मुझे और दे दो, उस्तादजी ! यह मैं अपने देश भेजूंगा।" इज्जत बेग ने सोहणी की ओर बड़े आदर के साथ सिर झुकाकर कहा। तुल्ले का चाक घूमे जा रहा था।

"जा बेटा, जो यह चाहें, इनके सामने हाजिर कर दे, इन्होंने मेरी कारीगरी की कद्र करके मुझे खुश कर दिया।"

उस दिन की भाँति वे आगे-पीछे जा रहे थे, श्पर आज उनका हर कदम एक-दूसरे को कुछ कहता था। पंद्रह कदमों में जैसे उन्होंने कोई भेद सांझा कर लिया। जब पहली चीज सोहणी ने लाकर इज्जत के हाथ पकड़ाई, सोहणी अब इज्जत के लिए परदेसन नहीं थी। आज हर वस्तु की उठा-धरी में उसके पौर बेझिझक छूते व हर स्पर्श में कोई शोला उठकर दिल के किनारे भी रौशन कर जाता, जिन पर अभी तक कोई किरण पड़ी नहीं थी।

उस दिन से आधे वक्त में सोहणी ने उतना बड़ा ढेर इज्जत के सामने लगा दिया व कीमत पूछने-बताने की बजाय दोनों एक-दूसरे की ओर देखने लग पड़े।

"आप कुछ दिन और ठहरेंगे न हमारे नगर में?" सोहणी ने मौन भंग किया।

"हमारा डेरा परसों कूच करेगा।"

"हमारे नगर में आपकी बहुत रौनक थी।"

"मेरे साथियों को आपका शहर बहुत अच्छा लगा है।"

"आपको नहीं लगा ?-- है बहुत तंग-सा शहर!" सोहणी ने स्वयं ही इज्जत का उत्तर खोजना चाहा।

"इतना खुला नगर मैंने जब से मैं दिल्ली से चला हूं, दूसरा कोई नहीं देखा।" किसी स्पर्श की याद आते ही उसके इधर-उधर खिसकते हाथों से एक सुराही गिरते-गिरते बची, दोनों के हाथ उसे संभालने के लिए एक साथ आगे बढ़े और लगभग गुत्थम-गुत्था हुई उँगलियों पर दोनों हँस पड़े।

"आप हमारे नगर में आये इसके लिए मैं आपका धन्यवाद करती हूं--पर मैंने सुना है कि आपका देश बहुत दूर है।" सोहणी ने उँगलियों की बहानेबाजी को गई-आई करने के लिए कहा।

"तुमने किससे सुना है?" इज्जत को उँगली-स्पर्श से भी बड़ी सनसनाहट होने लगी थी कि सोहणी उसके विषय में जानकारी प्राप्त करती जा रही है।

सोहणी लजा गई व छाती की धड़कन छिपाने के लिए उसने पल्लू के दोनों किनारे सिर पर ले लिये व नजरें नीची कर बोली "मैंने अपनी सहेली के भाई को आपके डेरे भिजवाया था, वह मुझे बहुत कुछ आपके विषय में बता गया था।"

इज्जत के रोम-रोम ने जैसे सोहणी के शब्दों के मीठे घंट भर लिये व डरपोक दिल ने निडर होकर पूछा, "यदि सोहणी. तुम किसी से मेरा हाल पूछती रही हो तो मेरे मुँह से भी सुन लोगी--कहो तो बताऊं ?"

सोहणी ने आंखें उठाकर देखा, इज्जत की समूची रूह उसकी आंखों में इकट्ठी हुई हुई थी।

"बताइये!" इतना ही उसके होंठों से निकल सका।

"किसका पुत्र व कहाँ का रहने वाला हूं, तुमने सुन ही लिया है, किन्तु मैं अपना वह हाल बताना चाहता हूं जो किसी अन्य ने न जाना, न पूछा।"

और इज्जत सोहणी के चेहरे पर अपनी इस इच्छा का असर जानने के लिए पलभर को रुक गया। सोहणी पर कोई जादू-सा होता जा रहा था, होंठों

का ढीला होता जा रहा कुण्डल इज्जत को न रुकने की मौन प्रेरणा कर रहा था।

"मेरे इस कलबूत में एक विचित्र आत्मा है, सोहणी!" काँपती हुई उँगलियों को सुराही पर ठहराकर इज्जत ने फिर शुरू किया "इसे न पिता की अमीरी पसन्द है, न वह सब-कुछ जिसके पीछे जिन्दगी में इतनी भाग-दौड़ हो रही है। मैंने पढ़ा, मैंने तीर चलाये, मैंने शिकार खेला, मैंने घुड़सवारी की, किन्तु मेरा मन कहीं भी न लग सका--किसी विचित्र सौन्दर्य की खोज के लिए मैं बेकरार हूँ। अनोखे एकान्त से तंग आकर मैंने दुनिया में भटघ्कने की इजाजत अपने पिताजी से ली। भाग्य मुझे तेरे देश में ले आया, तेरे नगर में उसने मेरी मंजिल दिखा दी। जब से तुम्हें देखा, मेरी सारी भटकन समाप्त हो गई है। ज्यों श्वास चढ़े शिकारी का हाथ अचानक बाजी जीत जाये अब जैसा भी तुम चाहोगी, वही मेरा भविष्य का कार्यक्रम होगा!"

मन में आई बात मुँह से निकालकर इज्जत को जैसे चैन आ गया। किन्तु सोहणी के होंठों पर बात आये, रुक जाये और वह इज्जत के चेहरे की ओर देखती रह जाती।

इज्जत ने सोहणी के हाथ की पीठ पर हल्का-सा अपना सीधा हाथ रखकर कहा--"सोहणी, हर प्रकार का उत्तर देने के लिए तुम स्वतंत्र हो, मैंने तुम्हें अपनी मंजिल बताई थी, तुम्हारी मंजिल यदि और हो तो तुम स्वतंत्र हो, तुम मालिक हो!"

"मेरी मंजिल के विषय में क्या पूछते हो, जिस दिन से आप मुझे देख गये हैं, मुझे लगा कि मैंने कभी किसी अन्य को देखा ही नहीं।" यह कहते हुए सोहणी की आंखें फिर नीची हो गई, होंठ भिंच गये। हाथों का कम्पन छिपाने के लिए उसने चीजें एक ओर से उठा दूसरी ओर रखनी शुरू कर दीं। उसकी यह व्यर्थ की तकलीफ मिटाने के लिए इज्जत ने उसका हाथ पकड़ लिया। सोहणी को लगा, उस जैसा कृपावन्त चेहरा उसने कभी सोचा भी नहीं था।

"उंगलियां हैं या पंछियों की पंक्ति!" फिर इज्जत ने दूसरा हाथ भी पकड़कर दसों पंछी छाती में छिपा लिये। वे दस के दस गुटरगूं करते। हर पौर में से सोहणी का दिल धड़क रहा था। एक-एक पौर चूमकर इज्जत ने हल्के से दोनों हाथ छोड़ दिये।

"किन्तु आप परदेसी हैं, व्यापारी हैं, अमीर हैं!" सोहणी ने तीन सांस भरी।

"फिर क्या हुआ-मंजिल पर पहुंच चुका हूं।"

"आप जानते नहीं, मैं कुम्हार की कन्या हूं। आप राजकुमार हैं। मेरा आपके साथ विवाह नहीं हो सकता।" सोहणी हसरत की मूर्ति बनी हुई थी।

"विवाह मेरी मंजिल नहीं, तुम द्वारा स्वीकार किया जाना ही मेरी मंजिल है।" इज्जत के चेहरे पर पूर्णतः शान्ति थी।

"किन्तु आज मैं किसी की बेटी हूं, कल किसी की पत्नी बना दी जाऊंगी, मेरा आप द्वारा स्वीकार किया जाना आपका कुछ भी संवारने का नहीं।"

"जितनी देर सोहणी के दिल में कोई मेरा सानी नहीं, उतनी देर मेरा कुछ बिगड़ता नहीं।" इज्जत ने वसन्त पर आये प्यार के झोंके में झूलते हुए कहा।

"मेरे दिल में क्या, सारे संसार में आपका कोई सानी नहीं, किन्तु आपके साथ मेरा विवाह नहीं हो पायेगा, किसी अन्य से होने पर मैं रोक नहीं सकूंगी।"

"तुम बिलकुल न रोकना, तुम्हें चाहे कोई अपनी कहे, यदि तुम्हारे सपनों में मेरे सिवा कोई न आये तो धन्य मानूँगा तुम्हारी बांहें लपेटकर कोई अपने गले में भले ही डाले, किन्तु तुम्हारी इच्छा मुझे ही अपना माने--यही मेरी इच्छा है! यही मेरी तमन्ना है!"

"ओह, मेरे सपनों के शहजादे, तुम्हारे इन शब्दों पर मैं अपना जीवन निछावर कर दूंगी--किन्तु तुम्हारी इस कुरबानी को मैं क्योंकर स्वीकार करू!" सोहणी पर अपनी इस अद्वितीय विजय का नशा सवार हो रहा था।

"प्यारी सोहणी! पतंगे की काहे की कुर्बानी, शमा की ही कृपा है कि वह मृत्यु चुनने वाले को एक बार प्रकाशित होंठों द्वारा स्पर्श देती है।" सच्चे आशिक की भावना में इज्जत तिरोहित हो रहा था।

"मेरा सारा जीवन तुम्हारा है किन्तु इतना अवश्य मुझे समझा दो कि हमारा प्यार निभेगा किस प्रकार ?" सोहणी की आंखों में नमी घिरी जा रही थी।

इज्जत बेग ने अपने नयनों को विस्फारित कर कहा- "कैसे हमारा

प्यार निभे-यह खेल प्यारी सोहणी सब भाग्य का है, सच्चे प्यार का वचन ही मेरा व तुम्हारा खेल है। दो वचन यदि दे सकती हो?"

सोहणी ने ऊपर देखा। आंखें खली, होंठ खले, छाती धकाधक करती फर-फराती, पंछी से भी विनम्र आत्मा इज्जत की आंखों में से उड़कर सोहणी के आस-पास लिपटती जा रही थी।

"बेटी सोहणी, भूरी भैंस खुल गई है-बड़ा सुन्दर बादिये का मुँह मेरे हाथों में चाक पर घूम रहा है--जरा देखना बेटी, कहीं कोई नुकसान कर दे।"

"मैं जाता है।" इज्जत के मुँह में ही था कि सोहणी उड़ गई। चाल-ढाल व उसकी दौड़ में मानो जैसे तूफान था।

"बांध दी है, अब्बा !" लौटती हुई ने कहा।

"अच्छा किया है, आज मां को जरूर कहना कि कोई महीवाल जल्दी ढूंढ़े।" धमा-धम-धमाधम चाक पर बादिया चकराता रहा।

"क्यों सोहणी, तुम्हारा महीवाल कहाँ चला गया है?" इज्जत ने पूछा। "घर गया था, लौटा नहीं, अच्छा भी नहीं था, मां किसी और की खोज में है।"

"अच्छा, मेरे फरिश्ते, अब मुझे विदा दे। डेरा रवाना कर मैं तेरे पास आया, यही समझना।"

"मुझे याद भी रखोगे ?" इज्जत के चोगे की अमीरी ने एक शक-सा सोहणी की आंखों में समा दिया।

"वचन केवल याद रखने का नहीं, तुम मैं व मैं तुम होने का वचन है। सोहणी, मेरी प्रतीक्षा करना। अच्छा, खुदा हाफिज्ज।"

इज्जत वेग तुल्ले को सलाम व चीजों के लिए आदमी भेजने के लिए कहकर चला गया।

सोहणी अब इस संसार में रहने लग पड़ी, जिसमें याद पर अंग धड़कते हैं, सोते स्रोत अन्दर-ही-अन्दर प्रवाहित होते हैं, तन-मन किसी चिरसुप्त सुन्दरता की भाँति किसी प्रशंसक राजकुमार के होंठों से निकले शब्दों पर तरल-सरल हो जाता है।

"डेरा कूच कर गया। उसकी सहेली के भाई ने उसे बताया, "नगर-वासियों ने डेरे को बहुत सम्मान के साथ रवाना किया था। अभी भी लोग इज्जत बेग के दयालु स्वभाव की बातें करते थे।"

डेरे को कूच किये एक सप्ताह, दस दिन, पंद्रह दिन भी बीत गये थे। "उसे उसके लोगों ने आने नहीं दिया होगा! आने देता भी कौन उस जैसे राजकुमार को!" सोहणी के पैरों के नीचे से जमीन खिसक गई, धड़कते हुए अंग-प्रत्यंगों में मानो श्वास रही ही न हो !

वह नित्य सुबह-सकार अपने पिता के काम पर चली जाती। घर में वह अपने सपनों में खो नहीं सकती थी। अब्बा के पास उसका जादुई-चाक धमा-धम घूमता व अब्बा अपने काम में मस्त रहता। उसके लिए मिट्टी को ठीक करती हुई सोहणी अपने सपनों की दुनिया में लीन रह सकती थी।

इस प्रकार मिट्टी की परात में मिट्टी ठीक करती हुई वह स्वर्णिम सपने देख रही थी व रह-रहकर उसकी नजरें आंगन के द्वार की ओर उठ जाती थीं, यह समय ग्राहकों का नहीं था, ग्राहक दोपहर बाद आते थे, किन्तु बुखारे का राजकुमार तो दोनों बार इसी समय आया था, उसने मन-ही-मन कहा।

एक परछाई उसी समय द्वार में झलकी। सोहणी चौंक पड़ी। भगवान करे इस परछाई की बदली में से अचानक ही उसका चाँद दिख पड़े।

किन्तु यह तो कोई और था। न उसका योगा, न उसके सिर का दुपट्टा। कमर में तहमद, गले में कुर्ता, सिर पर बुल-मुल पगड़ी कोई यहाँ का ही व्यक्ति होगा।

सोहणी फिर अपनी परात पर झुक गई। बाहर से आया व्यक्ति तुल्ले के समीए आ खड़ा हो गया।

"मैंने सुना है, आपको महीवाल (भैंसों के रखवाले) की जरूरत है।" उसने पूछा।

"वाह भई वाह! अल्लाह ने भेजा है।" धम्मा-धम्म धम्मा-धम्म। कोई फुल्हड़ बन रहा है। "देखना सोहणी! जो फूल में इस पर बनाऊंगा... धम्मा-धम्म "वाह-वाह दिखता है बताना इसे अपनी लोही भैंसें, पंचकल्याणियां ?"

धम्मा-धम्म, धम्मा-धम्म।

"तुम्हारा कौन गाँव है?" सोहणी ने परात से सिर उठाये बिना ही पूछा।

"बीबीजी, बहुत दूर है।" उसने कहा।

आवाज उसके कपड़ों से कुछ अलग ही लगी। सोहणी ने सिर उठाया।

"भैंसें दोह लेते हो?"

"कभी हमारे यहाँ ढोर डंगर होते थे, में शौकिया उनके नीचे जा बैठता था। शिकायत कभी होने नहीं दूंगा, इतना जिम्मा मैं लेता हूं।" उसने अपने पर अपूर्व विश्वास के साथ कहा। सोहणी उसके चेहरे की ओर देखने लगी।

"फिर तुम्हारे ढोर-डंगरों को क्या हो गया कि तुम चाकर बनने आ गये।" सोहणी की उस व्यक्ति में दिलचस्पी बढ़ती जा रही थी।

"मुझे मेरे घरवालों ने स्वीकार नहीं किया, भाग्य आजमाने के लिए मैं घर से निकल आया। तनख्वाह का भी कोई विचार नहीं। अकेला ह-रोटी, कपडे व... जो वह कहना चाह रहा था उसके लिए उसे शब्द नहीं मिल पा रहे थे।

"रोटी, कपड़ा व... और क्या?" सोहणी ने दोहराया।

कहा। "और कुछ नहीं-थोडा-सा आदर दे देना...'' उसने तनिक-सा मुस्कराकर सिर से पैर तक सोहणी उसे जांचने लग पड़ी।

"अच्छा, चल मेरे साथ, मैं तुझे ढोर डंगर संभाल दूं।"

हवेली में पहुंचकर सोहणी ने फिर एक बार ध्यान के साथ उसे देखा।

"यह बोली, यह लोही, यह कुण्डी और यह मेरी पंचकल्याणी!"

सोहणी ने देखा, अब वे दोनों पिता की नजरों से परे हैं। उसने उसकी कमर के आस-पास बांहें डाल दी। उसकी आंखों से आंसू झर रहे थे।

"ओ मेरे सपनों के स्वामी इस वेश में तुम कैसे आये?"

"और किसी वेश में मुझे अपने फरिशते का सामीप्य नहीं मिल सकता था।"

उसकी धड़कती छाती पर इस प्रकार हाथ फेरकर इज्जत ने कहा कि रोहिणी का रुदन जैसे फूट पड़ा।

पर यह मैं कैसे स्वीकार कर लूँ कि मेरा राजकुमार मेरा महीवाल बन जाये !"

"मेरी भोली रानी, तेरे महीवाल से राजकुमार भी ईर्ष्या करेंगे।"

"तुम अपने लोगों को छोड़कर कैसे चले आये ?" सोहणी ने सीधी होकर, पल्लू सम्भालते हुए कहा।

"सआदत मेरा मित्र ही नहीं, हमदर्द भी है। अद्वितीय समझ का स्वामी है, उसे मैंने अपने दिल का सारा माजरा बतलाया कि यदि वह मेरा जीवन चाहता है तो डेरे को ले जाये और मुझे मेरे प्राणों के पास ही छोड़

जाये, जैसी उसकी समझ में आये, मेरे पिता को सूचना दे दे!"

"और यह चांद किसी मां का यहाँ छोड़ देना वह क्योंकर मान गया!" सोहणी को अपने स्वर्ग का विश्वास नहीं हो रहा था।

"वह सयाना बहुत है, समझ गया कि चाँद भले मैं किसी का भी होऊं, प्रकाश मुझे अपने सूर्य से ही मिल सकता है, उसे मैंने बता दिया कि आयु के शेष दिनों मैं अपने सूर्य की किरणों में जीना चाहता हूं।" उसने सोहणी के प्यार-मस्ती में खुले होंठों को अपने दो सम्पुटों में भींचकर उन पर ऐसी चुटकी की कि आंखें मिच गई।

"ओह हाय!--और यदि तुम्हें कोई लेने आ जाये!" सोहणी ने अपने स्वर्ग को जोर-जोर से पकड़ने की तड़पन के साथ कहा।

"वे चले गये, सोहणी रानी।" उसका चेहरा धैर्य की मूर्ति था, "मैंने उनके 'इज्जत' के कपड़े भी उन्हें दे दिये, इन कपड़ों वाले तेरे महीवाल की उन्हें आवश्यकता नहीं।"

होंठों तक आई चीख रोकने के लिए सोहणी ने फिर अपनी भुजायें इज्जत के गले में डाल दीं व अपने मुँह से उसकी छाती चूमकर बोली, "और अब यह महीवाल समूची मेरी दुनिया होगा!"

पिता के पास आकर सोहणी कहने लगी, "काम भले ही इसने कहीं किया नहीं था--व्यक्ति अच्छा है। सच पिताजी, यह जल्दी ही काम सीख जायेगा!" "व्यक्ति अच्छा चाहिए, बेटा जा, अपनी मां के पास ले जा... पर पहले देख जा। कितना सुन्दर मेरा यह प्याला बना है!"

तुल्ले उस्ताद की पुत्री को लोग सोहणी कहते थे--किन्तु अभी तक एक सुन्दर घने फानूस जैसी वह सुन्दर थी, अब कुछ दिनों से इस फानूस में कोई ज्योति प्रज्वलित हुई थी, देखने वाले चकरा जाते। अंग-ढंग-रंग सभी दिन-प्रतिदिन बदलते जा रहे थे।

तुल्ले की दुकान पर ग्राहकी बढ़ गई, उसकी खुशहाली बढ़ गई, सोहणी उसके घर की बरकत थी। सोहणी के सौन्दर्य की धूम सारे नगर में मच गई। लोगों ने नजर रखना शुरू कर दी कि ऐसी कौन-सी मिजराब है जो इसके दिल-तारों पर थिरक गई है कि कुँआरे सौन्दर्य में अद्वितीयता छलक आयी है। कौन-सा शाह-बहराम इस के सौन्दर्य को होंठ छुआकर नशा गया है!

सीधा-सच्चा महीवाल ही उसकी दुनिया में नया प्रवेश था किन्तु यह महीवाल कोई गहरा स्त्रेत था। कोई लहर इसके आसपास किसी ने देखी नहीं थी, सारा दिन वह भैंसें चराता। प्रत्येक के साथ अच्छा अच्छा रहता, कोई उसके भेद की भाप भी न ले सका।

सोहणी छोटी-छोटी बातों के साथ उसे सारे दिन के लिए भर जाती, मुस्कान भर जाती, सूर्यमुखी मुखड़ा झलका जाती-कभी-कभी दूध दोहते हुए के गले में पीछे से बांहें भी डाल देती।

"सोहणी, प्यारी सोहणी, दोहणी गिरा देगी।" वह टाँगों में दोहणी को सम्भालते हुए कहता।

"कह दूंगी कटड़ी चूस गई थी।" वह हथेलियों से उसकी आंखें मींच लेती। देर तक उसकी आंखों में देखता रहता। वह आंखें न झपकती कि कहीं उसक दोहणी आँघों में से निकाल वह उसका सिर हाथों में पकड़ लेता-कितनी-कितनी चेहरा उससे विलोप न हो जाये।

"सोहणी, तुम्हारी आंखें हैं या स्वर्ग के कोटर-सुबह-सकारे तुम मुझे इस स्वर्ग में दाखिल करवा जाती हो, सारा दिन मेरा अलमस्त बीतता है।"

भले ही सोहणी के प्रेम-स्रोत को कोई भी समझ न पाया, तब भी एक साल के अन्दर गुजरात नगर के आस-पास हलचल मच गई, जैसे कोई सोया ज्वाला-मुखी जाग पड़ा हो ! तुल्ले को दुकान से सोहणी को हटाना पड़ा। उसे देखकर कइयों के पैर थम जाते। रिश्ते मांगने वालों ने भी तुल्ले के घर की दहलीज बसा दी।

सोहणी की मां ने तुल्ले से सलाह की, "जी तो नहीं करता कि रानी बेटी घर से विदा हो--किन्तु अन्ततः बेटियों को बेगाने घर ही जाना होता है।"

"इसके बिना हमारा घर अंधेरा हो जायेगा।"

"अंधेरा तो हो जायेगा, किन्तु लोगों ने भी कोई कम अंधेर नहीं मचा रखी होगी।"

तुल्ले के रिश्तेदारों ने भी सोहणी का विवाह शीघ्र कर देने की सलाह दी। एक अच्छे खाते-पीते घर के युवक के साथ मंगनी कर दी। विवाह की लगन दिखवा ली, बारात शहर में से ही आनी थी।

इस मुसीबत की सूचना सोहणी को नये मिले स्वर्ग की छिब्बियां तो

सदा देती ही रहती थीं, किन्तु जब यह सिर पर ही आ सवार हुई तो सोहणी ने महीवाल से खुशामद की कि वह उसे भगाकर ले जाये। ससुराल में जाकर तो न जाने उस पर कौन से कहर के पहाड़ टूटेंगे, उसका महीवाल तो अवश्य ही उससे छिन जायेगा। उसके संसार से सूर्य सदा के लिए अस्त हो जायेगा।

"फिर महीवाल, तू बहुत हुनरमन्द है, कर कोई जादू, मुझे लड़की से भैंस बना ले और अपनी ढोर-डंगरों के साथ मुझे भी हाँक चल।" सोहणी की आंखों में बेबसी की अति थी।

महीवाल ने उसे गले से लगा लिया। उसके आलिंगन में कितना चैन था, सोहणी का तपता मन शीतल हो गया। महीवाल ने धैर्य बंधाया "प्यारी सोहणी रानी, प्रेम में विश्वास रख ! हर प्रातः अभी तक हमारे प्रेम पर सुनहरा आवरण डालती रही है! किसी बात से भी न घबरा, तेरे सपनों का राजा तुझे मिलने का रास्ता ढूंढ लेगा--मेरा दिल कहता है, झूला फिर हमारा भले टूट ही जाये, एक बार तो हम आकाश छू ही लेंगे।"

"महीवाल प्यारे, तुम्हारी जुबान मुबारक हो, किन्तु कल वे मुझे ले जायेंगे, कोई भी मेरी भनक तक तुम्हें नहीं देगा, मैं फिर से कहती हूं कि आज ही कोई रास्ता खोज ले।" उसकी आंखों से अश्नु अविरल गति से प्रवाहित हो पड़े।

"मेरी प्यारी सोहणी रानी!" महीवाल ने उसे अपने गले से लगा लिया, "मैं यदि रोऊं तो झनां के प्रवाह को मेरे विदाई के आंसू लजा दें, किन्तु इस समय तेरे आंसुओं को चूमना मेरा कर्तव्य है। तू विश्वास कर, तू सदा मेरे दिल में समाई रहेगी। यह विवाह भी मुझसे तुझे जुदा नहीं कर सकेगा। तू मेरा शरीर है, मैं तेरी आत्मा हूं। हम इकट्ठे जीने-मरने के लिए बने हैं, तेरी मेरी मंजिल एक ही है।"

दूसरे दिन सोहणी की डोली विदा करने के लिए सगे-संबंधी एकत्रित हुए थे। सखी-सहेलियों, चाची-ताइयों के गले लग सोहणी बिलख रही थी। महीवाल उसकी पंचकल्याणी को नहला-धुलाकर, सींग चुपड़कर ले आया। बिलखकर सोहणी जो द्रवित हुई कि 'पशु-पक्षी भी' लोग कहते हैं कि द्रवित हो गये। भैंस के माथे के चन्द्र के साथ गाल लगाकर सोहणी ने बेहद कीरने डाले कि गहन-गम्भीर महीवाल की आंखें भी सूखी न रह पाईं।

"बीबी, इसकी सम्भाल की चिन्ता न करना।"

सोहणी ने रुंधी हुई आंखों से महीवाल को देखा।

"रोते हुए सौन्दर्य में भी क्या जादू है, या खुदा!" महीवाल ने मन-ही-मन कहा व सोहणी के लिए दुआ मांगी।

सोहणी चली गई। सोहणी के अमिट निशानों के साथ महीवाल अपना दिल बहलाता रहा। कभी तुल्ले के पास जा बैठता- सोहणी वाली परांत में मिट्टी गोड़ने लगता। पंचकल्याणी के माथे के चन्द्र पर प्रति सकारे बोसा देता--"मेरे चांद ने यह चांद चूमा था, किन्तु सुन्दर चांद के बिना यह घर अंधेरा है।" वह आह भरकर कहता।

दो महीनों में सोहणी की मां भी उदास हो गई। अच्छे घर में सोहणी का बहुत बड़ा स्थान था--घर खाली लगे, तो मां ने एक बहुत बड़ा-सा उपहार तैयार करके महीवाल को उसके ससुराल लाने के लिए भेज दिया।

समधियों के भेजे दूत का ससुरालवालों ने बहुत आदर-सत्कार किया। सोहणी ने भी सभी की सुख-शांति पूछी। दो घड़ी फुरसत पाकर उसने अपनी वेदना कह सुनाई, "बिन पानी की मछली की भांति सोहणी की आत्मा तड़पती है--आ, बचा ले यदि बचा सके। हारी थकी आत्मा कहीं प्राण ही न त्याग दे!"

महीवाल ने गम्भीर होकर उत्तर दिया, "न घबरा, मेरी रानी, यह दो महीने मैंने सोचते-सोचते व तेरे घर में तेरे हाथ-पैरों के चित्र को चूमते हुए बिताये हैं। अब फैसले का प्रकाश मेरे मस्तिष्क में चमक पड़ा है-आज नया चांद चढ़ा है. अगला चांद चढ़ने से पहले मेरा चांद मेरी छाती पर चमक रहा होगा।"

सोहणी की सास ने सोहणी की मां के पास हाथ जोड़कर सन्देश देने के अघाते नहीं. हमारी भूख भी अभी शांत नहीं हुई। आने वाले रोजों के बाद हम लिए कहा कि उनका चाव अभी पूरा नहीं हुआ, "बच्चे भाभी को देख-देखकर स्वयं सोहणी को मिला लायेंगे।"

सोहणी के पास से लौटने के सात दिन बाद महीवाल ने सोहणी की मां को कहा "बीबी के बिना मन नहीं लगता, आप मेरी अच्छी मां हो. यदि आप कोई और चाकर ढूंढ लें।"

"बेटा, मैं भी जीवित हूं, रहती हूं, खाती हूं, पेट की आंतड़ियां तोड़-बिछोड़ कर! धीरे-धीरे तेरा दिल भी लग जायेगा और दो महीनों को वे

आकर मिला जायेंगे।" मां ने समझाया।

किन्तु महीवाल का इरादा पक्का हो चुका था। उसके न मानने पर दूसरा चाकर आ गया।

"कहाँ जाओगे, मेरी सोहणी के महीवाल?" मां ने सारे दिनों की तनख्वाह और कपड़ों का जोड़ा देते हुए कहा।

जोर देने पर केवल दस रुपये महीवाल ने लिये।

"नहीं, मां, मुझे अभी और जरूरत नहीं। अपने पास ही पड़े रहने दो। मैं एक औलिया को जानता हूं। उसके समीप जाकर मेरे दिल को चैन आती है--उसकी ही सेवा करूँगा।"

सात दिन ही महीवाल को गये-बीते थे कि नदी पार के मजार पर किसी पहुंचे हुए फकीर के आ बैठने की धूम मच गई।" इल्म व अमल का कोट क्या तो गाता है कि भगवान स्वयं सुनने आ जाये, वह घड़ा बजाता है कि लोगों की सुधबुध बिसर जाती है, हद का जलाल है इस फकीर के गोरे अछूते चेहरे पर।"

सात दिन बीते कि गुजरात शहर के लोग पार पहुंचे और एक सप्ताह के लिए फकीर को अपने नगर में लाने के लिए मना आये।

जिस बाग में बुखारे का डेरा उतरा था वहाँ ही फकीर को भी विश्राम दिलाया गया। ढिंढोरा पीटा गया। धूमधाम से लोग दर्शनों के लिए आये। अरबी व फारसी के विद्वान के मुँह से अल्लाह पाक के कलाम में प्रभाव विचित्र था।

तुल्ले ने तो एक आदमकद फूलदान चाक पर लगाया हुआ था, किन्तु उसकी बीवी दर्शनों के लिए गयी। नगर का दूसरा हिस्सा, किन्तु सोहणी का ससुराल उस ओर ही था। सोहणी भी अपनी सास के साथ आई। मां-बेटी गले लगकर रोई। सोहणी का रंग पीला पड़ा हुआ था-सास व मां दोनों ने सोहणी पर फंकीर की कृपा दृष्टि की भीख मांगी।

फकीर की आंखें देखते ही सोहणी के चेहरे पर एक क्षण के लिए कोई लाली-सी फैल गई। फकीर ने पानी का प्याला मांगा। सास उठकर लेने गई। फकीर ने सोहणी की नब्ज देखी व एक कागज का तावीज उसकी मुट्ठी में दे दिया।

पानी आ गया, दुआ पढ़कर फकीर ने सोहणी को पिला दिया,

"अल्लाहताला मेहर करेगा!"

सोहणी घर लौटी। उसकी भुजायें मानो पंख बन गई हों। जो काम वह फिर करने के लिए टाल दिया करती थी वे सारे उसने आज पूरे कर दिये। कपड़े धो डाले, रसोई को पोचा मार दिया, चूल्हे को बड़े अच्छे ढंग से संवार दिया।

दोपहर का समय एकान्त देखकर उसने तावीज खोला। पढ़ते-पढ़ते वह जैसे सातवें आकाश पर पहुंच गई थी।

"मेरी समझ में क्या आया। सुन्दर हाथ मैंने फिर से पकड़ लिया। नये चांद की पहली रात को मैं इसी बाग में होऊंगा। आधी रात के बाद सो रहे संसार को अपना भी होश नहीं होता। बेसुध सोते हुए लोगों में से उठ चल पड़ना, किन्तु किसी प्रकार की आहट से चौकस, चुपचाप तुम यहाँ आ जाना। बाग के वीरान हिस्से में जो वीरान कुआं है उससे नदी वाले भाग में एक बूढ़ा आम है, उसके नीचे मैं अपने चांद की प्रतीक्षा करूँगा- भगवान तुझे साहस व हौसला प्रदान करें!"

फिर सोहणी फकीर से मिलने न गई। सास को कह दिया कि फकीर ने करामात कर दी है, वह ठीक थी। फकीर भी सप्ताह काटकर अपने डेरे जा पहुंचा।

इस बात को काफी दिन हो गये थे, कल नया चांद उदित होने वाला था। आज रात खाने को सोहणी ने पल-भर की भी देर न होने दी। सास ने खुश होकर कहा--

"बहूरानी, यदि आज की तरह तू हाथ मारकर खाना जरा जल्दी ही बना लिया करे तो कितना अच्छा हो, बच्चों को नींद जल्दी ही आ जाती है।"

"यूँ ही यह वक्त हो जाता था--आगे से, मांजी, मैं ऐसे ही किया करूँगी।" सोहणी की बात सास को बहुत अच्छी लगी।

सभी सोने वाले खुर्राटे लगाकर सो रहे थे। सोहणी उठी, बिस्तर का खेस सीधा किया, दबे पाँव द्वार लुढ़काती घर से निकल पड़ी। गली में हाथ पसारा भी दीखता नहीं था। किन्तु गली से बाहर निकलते ही आकाश से प्रकाश झरता प्रतीत हुआ, इस मीठी-मीठी चांदनी में चेहरा भले ही पहचाना न जाये, मार्ग, वृक्ष, बल्लरियां परछाइयों की भांति दीखते हैं।

सोहणी ने पीछे नहीं देखा। वीरान कुएं पर जा खड़ी हुई।

वहाँ से नदी की ओर मुँह करके चल पड़ी, बूढ़े आम को उसकी आंखें खोज रही थीं कि आगे से किसी ने आकर उसे भुजाओं में कस लिया, फिर कन्धों पर चढ़ा लिया। सोहणी को बहुत सुख महसूस हुआ। अंग ढीले छोड़कर, होंठ अपने महीवाल के सिर से लगा दिये। महीवाल ने छोटे-छोटे पैरों की तलियां हाथों में थाम लीं। उसकी चट्टान जैसी छाती के साथ कोई प्यार-भीगा दिल धड़क रहा था, उसके बालों में हलके श्वासों की ताल थी।

"यदि सोहणी रानी, कहो तो इसी प्रकार आकाश में उड़ चलें।" महीवाल ने आम की परिक्रमा करते हुए कहा।

"नहीं महीवाल, मुझे यह धरती प्यारी लगती है जिस पर तुम पैदा हुए हो व मुझे मिले हो।" सोहणी ने चेहरा ऊपर उठाकर कहा। फिर उसके बालों में अपने होंठ धर दिये।

महीवाल खड़ा हो गया व कन्धों से सोहणी को उतारकर कहने लगा--"तुम सच्ची हो सोहणी रानी, यह धरती बहुत अच्छी है--इस आम की ओर भी देख--जैसे हमारे प्रेम के पर्दे के लिए टहनियां और नयी हो गई हों। आ बैठ जा मेरे सामने, वे बातें करें जिनका न प्रारंभ हो, न अन्त ही हो!"

सोहणी बैठ गई, महीवाल ने एक घड़ा आम के समीप से उठाकर बीच में रख लिया।

"मेरा महीवाल इस पर तैरकर आया है?" सोहणी ने घड़े पर हाथ फेरते हुए पूछा।

"तैरने में इसकी सहायता की मुझे आवश्यकता नहीं-ऐसी दो नदियां मेरी बांहें तुझे मिलने के लिए तैर सकती हैं। किन्तु एक तमन्ना थी-तुम्हारे साथ बैठ कर कुछ खाने की। मैं अपने हाथों से मच्छी भूनकर लाया हूँ--घड़े का मुँह बांधकर मैं इसे सीधा तैरा लाया हूँ।"

सफेद परने में से जब उसने खोलकर मछली निकाली तो सोहणी को मानो स्वर्ग जैसे खाने की सुगन्ध आई। एक टुकड़ा तोड़कर महीवाल ने सोहणी के मुँह में दिया।

"और महीवाल, और..." सोहणी उसकी चौड़ी गोद में आ बैठी। छोटा-छोटा कौर वह मुँह में डालता रहा। सोहणी की आंखें जो खुली थीं, वे बन्द हो गईं। वह देख नहीं सकता था किन्तु सोहणी के अन्दर क्या हो रहा था, छाती से लगी उसकी पीठ में से उसका बलिहारी हुआ दिल सभी कुछ

सुन रहा था।

किसी पांखी मां ने अपने पंखहीन बच्चों को यूँ चुग्गा न चुगाया होगा, महीवाल की तमन्ना शुकराना बन गई थी। 'काश! कुछ देर के लिए समय रुक जाये!' उसने यह चाहा ही था कि सोहणी अचानक ही उठ बैठी।

"बाकी बची मैं तुम्हें खिलाऊंगी, किस स्वर्ग से यह खाना तुम लाये हो ?"

"तुम पर मैं सौ बार कुरबान मेरी सोहणी। तुम्हारे हाथों में तो यह सचमुच ही स्वर्गिक भोज बन गया है।"

संसार उन्हें भूल गया।

सोहणी ने घड़ा उठा लिया--

"कितना सुन्दर है तुम्हारा घड़ा!"

"इस पर भगवान के नाम पर मैं तुम्हारा प्यार चाहता रहता हूं।" "यह क्या है, इसके गले के साथ!" सोहणी ने कुछ लटकता हुआ-सा टटोलकर पूछा।

"यह कटार मेरे अब्बा ने घुड़सवारी में मेरा करतब देखकर इनाम में दी थी उन्होंने कहा था-इसे साथ रखना, कभी-न-कभी अवश्य यह तेरे काम आयेगी। और संसार की अक्लों में वह बहुत सयाना है।"

"तुम्हारी मां, महीवाल, वह बहुत ही भली होगी?"

"हाँ, सोहणी रानी, वह बहुत ही प्यारी औरत थी, किन्तु वह भी मेरी तरह इस संसार के योग्य नहीं थी, उसे मेरे पिता का धन-संसार अच्छा न लगा। मेरी तरह ही वह भी थी। मुझ पर तो भाग्य कृपावन्त हो गया, वह... वह..."

"क्यों महीवाल... वह... वह तुम क्या कहने लगे थे?" सोहणी ने बात जाननी चाही।

"वह मेरा वियोग बर्दाश्त न कर सकी।"

"तुम्हें कब पता चला ? उसे क्या हुआ?"

"उनका स्वर्गवास मेरे आने के बाद यूँ ही हो गया, अब्बा ने सूचना भेज दी थी, किन्तु सआदत ने यहाँ से जाते समय ही मुझे बताया।"

"उफ! मेरा जीवन उस प्यारी औरत के लिए मौत बन गया--मैं बहुत लज्जित हूं।"

महीवाल ने फिर सोहणी को गोद में ले लिया, इस बार अपनी मां की

याद में।

"नहीं, सोहणी रानी, न तू, न मैं, न मेरी मां कोई भी इस संसार में भागीदार नहीं है। हमें इसकी कंटीली सीमाओं के बाहर ही समय गुजारना पड़ता है--कभी कोई मेवों से भरी हुई टहनी इस सीमा के बाहर निकली तुम्हारे-मेरे जैसे के भाग्य को लहरा देती है--किन्तु वह भी कितनी देर के लिए!.. बागवान का कहर किसी भी दिन सिर काट देने का हुक्म देकर हमारे प्रेम को कोरी एक कहानी बना देता है।"

सोहणी ने बाँहें ऊंची करके, उसका सिर अपने ऊपर झुका लिया।

"प्यारी महीवाल, फिर हाथ आई टहनी को थाम ले। भर ले अपनी झोली--तोड़ दे बागवान चाहे फिर हमारी गर्दनें!"

महीवाल ने अपनी सारी रूह सोहणी की आंखों, सोहनी के होंठ, सोहणी के अंग-अंग में रचाकर एकात्म कर दी।

"सोहणी रानी! भ्रम किस बात का करें, हम वह दीपक नहीं जिसका तेल खत्म होने से पहले भर दिया जाता है, या जब आवश्यकता हो, जला लिया जाता है। हम तो दोनों सिरों पर प्रज्वलित शमा हैं-- नूर के प्रकाश के बिना जिसे चैन कहाँ। एक पल का प्रकाश जमीन-आसमान को ज्योतित कर देता है--उम्र-भर की हलकी-हलकी रोशनी चार कदम प्रकाशित करके कठिनाई से ही बचा सकती है--दोनों संसार नहीं दरसा सकती।"

कोरे प्रेमी की नहींय सोहणी को लगा, वह किसी औलिया की हाजिरी में थी। दोनों संसार उसने देख लिये, धुन्ध मिटने की मस्ती में तीन घड़ी बीत गई। महीवाल ने तहमद-कुर्ता उतारकर सिर पर लपेट लिये। सोहणी भौंचक रह गई।

"तुम्हारे चन्द्रमुख ने अंधेरी रात भी चांदनी कर दी, मैं डर गई।"

काली रातें प्रेमियों के लिए चांदनी हो गईं। चांदनी में वे स्वर्ग को याद करते। ज्यो-ज्यों चांद छोटा होता, लोगों की रातों में अंधेरा बढ़ता, उनकी दुनिया उजली होती जाती।

कई मिलन के पश्चात् एक काली रात के प्रकाश में सोहणी बूढ़े आम के नीचे खड़ी प्रतीक्षा कर रही थी। पहली बार महीवाल को देर हो गई। सदैव वह सोहणों से पहले पहुंचा करता था। आज जब सोहणी उसके गले लगी तो सदा की भांति उसके पाँव फौलादी स्तम्भ नहीं थे, उसके कदम हिल

गये।

सोहणी को कोई बात अलग लगी। तुरंत बांहें खोलकर पूछने लगी-

"मेरा महीवाल स्वस्थ तो है? उसके कदम क्यों साबत नहीं?"

"पूरी तरह स्वस्थ हूं, सोहणी रानी, एक छोटा-सा हादसा हो गया था।"

"वह क्या?" सोहणी चिन्तित हो गई।

"कुछ भी नहीं-आज जब मेरा हाथ किनारे पड़ा कि मुझे लगा जैसे नीचे से किसी ने दो दरांतियां मेरी बायीं जंघा में घुसा दी हों। तुरंत मैंने घड़े से कटार खोली और दरांतियां काटता गया। वे दरांतियां मुझे नीचे की ओर खींचें किन्तु हाथ मेरा किनारे से लगा हुआ था। फिर मुझे लगा कि वे दरांतियां मेरी जंघाओं में घुस गई। मैं बाहर आया। देखा, मेरी जंघाओं का एक टुकड़ा उन दरांतियों के साथ ही चला गया था कोई मगरमच्छ होगा। किन्तु सोहणी रानी, मुझे तेरे दरबार में आना था, वह मुझे क्योंकर ले जाता ?"

सोहणी घायल टांग से चिपक गई। महीवाल ने धैर्य दिलाया। अपनी पगड़ी दी कि उसे फाड़कर वह पट्टी बांध दे। स्वयं भी बांधी थी किन्तु वह ढीली हो गई थी।

पट्टी बांधती सोहणी को बेसुध होते देख, महीवाल ने उसे अपने आलिंगन में ले लिया।

"मेरी पगली सोहणी रानी! तुझे मैंने उस दिन ही बताया था ? हमारा जीवन से इस प्रकार चिपकना सुहाता नहीं- हम स्वर्गीय उद्यान के निवासी हैं, दोनों ओर प्रज्वलित शमां हैं। सोहणी रानी, आज मैं जीवित हूं, तू जीवित है। आ। प्रेम के फरिश्ते का शुक्र करें, हाथ आया समय खुशी-खुशी से बितायें।"

"मैं भूल गई, तू मेरा प्रेमी, मैं तेरी अल्हड़ साथिन-तुम ठीक हो-- मैं तेरे चरण-चिह्नों पर चलूँगी। ला, अब मैं ठीक तरह पट्टी बाँध दूं।"

पट्टी बंध गई। सोहणी ने रक्त-सनी कटार को कई बार चूमा। महीवाल ने घड़े में से परना निकाला। पर आज सोहणी कुछ भी मुँह में न डाल सकी, यही बहस महीवाल से करती रही कि जितनी रातें और अंधेरी हैं, वह नदी तैर कर न आये, अपना घड़ा छोड़ जाये। उसके जख्म ठीक होने तक वह स्वयं उसके पास आया करेगी।

महीवाल ने बहुत समझाया कि वह आने वाली रात तक बिलकुल ठीक हो जायेगा, किन्तु सोहणी ने एक न सुनी।

"भले ही मैं तुम जैसी तैराक नहीं हूं किन्तु नदी का आधा पार मैं अवश्य तैर सकती हूं। बाकी मैं तेरे घड़े के सहारे पार कर लूँगी।"

महीवाल हाँ कहता-कहता फिर रुक गया, उसे वे दरांतियां याद हो आतीं। "तूने स्वयं कहा था, हम दोनों सिरों में प्रज्वलित शमां हैं। अग्नि में जलना ही विधान है।"

घड़ा उठाकर सोहणी ने एक झाड़ी में छिपा दिया। खाने के लिए लाई गई मच्छी अछूती पड़ी थी, यह महीवाल ने जाते समय मच्छियों में मिला दी।

कई रातें सोहणी तैर कर झनां के पार जाती रही। महीवाल का घड़ा उसकी बांहों में होता। महीवाल की दुआ याद करती हुई वह पार पहुंच जाती। प्रतीक्षारत गहीवाल को किनारे पर चलता देख वह सुन्दर-सुन्दर बांहें जोर-जोर से मारती । महीवाल उसे पकड़कर बाहर निकालता उसके गीले वस्त्रें के किनारे अपने मुँह में निचोड़ते हुए कहता--"मेरा स्वर्गीय भोज, सोहणी रानी।"

दिन में जब अपने डेरे से वह झनां की ओर देखता, लहर-लहर उसे सुरम्य प्रतीत होती। कहीं कहीं से, उसे सोहणी की गोरी गोल बाहें चमक उठतीं बेहोश गाने लग पड़ता।

सोहणी के प्रेम का भी कोई पारावार नहीं था। महीवाल का झनां तैरकर आना वह भगवान की कृपा समझती किन्तु झनां चीरकर प्रेमी के समीप जाना उसे अपने जीवन की व अपनी भुजाओं की विजय प्रतीत होती। उसके दिल का कमल खिल उठा। प्रफुल्लित कलियां अंग-अंग से झांकने लगीं।

सास सोचे कि बहू को क्या मिल गया है! बात कोई मिले न, पर बहू का यह मुखड़ा उसे भाये नहीं। उसने अपनी बेटी को ससुराल से बुला मंगवाया। मां-बेटी ने ताड़ रखी। अंधेरी रातों का उन्हें ध्यान न आया। दिन की रखवाली से कोई टोह न मिली। अन्ततः ननद ने रात में जागना शुरू कर दिया। एक रात सोहणी के पीछे-पीछे जाकर उसने सोहणी को घड़ा उठाते देख लिया। मां से सलाह की, इसे रोकने से घर भी बदनाम होगा। एक युक्ति मां ने बेटी को समझाई कहा, "चुप साधो व घर से कलंक को विदा करो!"

आधी रात बीत गई। खुर्राटे आज प्रतिदिन से भी अधिक जोरदार थे। "मोटी ननद ने आज अधिक खा लिया होगा।" धीमे-धीमे सोहणी बूढ़े आम के समीप पहुंच गई। झाड़ी में से घड़ा उठाया, चूमा जैसे सदा चूमा करती थी, उतना कोमल न लगा। हाथ से झाड़ दिया-"कोई कटियल पत्ता लग गया होगा।"

सोहणी झनां के किनारे खड़ी थी। एक लहर लहराई। पवन तीखी हुई जा रही थी।

"किन्तु सोच काहे की-हम दोनों सिरों पर प्रज्वलित शमां हैं। कल आधी रात का चांद है--कई दिन फिर भेंट नहीं होगी।"

सोहणी कूद पड़ी, दिल में मिलन की ललक, बांहों में वह समझती थी, महीवाल का मुरादों वाला घड़ा था, पर यह चिकना चिकना-सा उसकी बांहों में क्या था? एक बाँह को दूसरी से उसने पोंछ दिया-किन्तु यह चीकट-सा क्या था? क्यों था? उसे लगा कि घड़े का गला नहीं है, हाथ से बाकी घड़ा उसने टटोला, उसका हाथ उसमें घुस गया।

एकदम उसकी आंखों में असलियत नाच उठी। खुर्राटे झूठे थे। मोटी ननद सो नहीं रही थी, वह कल भी सोयी नहीं थी। कोई पीछा कर रहा है, उसे कल ही शक हुआ था, किन्तु उसने मुड़कर पीछे नहीं देखा।

"ओह ननद, मेरे पक्के जीवन-घड़े से यह कच्चा मौत-घड़ा बदल गई!"

उसने महीवाल की बहादुरी का स्मरण किया। अपने हाथ-पाँव में पर्याप्त जोर का अनुभव किया। लहरों से वह बहुत लड़ी किन्तु पवन उसके विरुद्ध था। आंधी बनने जा रही थी। उसकी बाँहें फूल गई-तीन हिस्से नदी अभी तैरना बाकी था।

स्वयं ही महीवाल के लिए वह बिलख उठी महीवाल... महीवाल... तेरी सलाह पर मैंने अमल नहीं किया--मैं चौकस नहीं रही।

एक लहर ने जोर का थपेड़ा मारा। जीवन-शमां का एक सिरा बुझता-सा प्रतीत हुआ।

'काल से खेलने वालों को काल का क्यों भय हो, किन्तु यदि तेरे सामने मेरी श्वास निकलती, तो वह मौत भी जीवन होता पर अब तुझे मेरी मौत का पता भी नहीं चलेगा...!'

उसकी दबी बाँहें हिलने से रह गईं। वह तैरने की बजाय प्रवाह में बहने लगी। थके अंगों में कुछ गर्मी आई, आशा फिर चमकी, उसने फिर बांहें चलाईं।

'आधे रास्ते मैं पहुंच जाऊंगी मेरा महीवाल कैसे मेरी थकावट दूर कर सकेगा--वह कितना खुश होगा आज वह मेरे वस्त्र निचोड़कर घर जायेगा। आज मैं चलकर नहीं जाऊंगी कहूंगी, उस दिन की तरह गोद में उठा ले...

एक और थपेड़ा आया और रहा-सहा साहस भी समाप्त होता गया... एक गोता आया किन्तु वह सम्भल गई। अकड़ी हुई बांहों ने सहायता करने से इनकार कर दिया। एक और लहर-एक और गोता। सोहणी फिर संभली-तैरकर पहुंच पाने की आशा उसने छोड़ दी।

"मैं चली, महीवाल-चली मैं... हाय भगवान! मेरी लाश महीवाल के किनारे पर लगा देना... महीवाल !... महीवाल!" तूफान अजब हो गया। एक जोर का गोता आया..."मही... वाल..." और एक गोता आया... "म... ही... वा... ल!" फिर कोई आवाज नहीं आई।

तूफान तेज होता देख महीवाल नदी किनारे खड़ा हो कान खड़े करता। जिधर समझ पड़ता उधर दौड़कर देखता । आवाजें देता" जो भी कोई है, आज पानी में न जाना... हो...हो... जो पानी में है वह निकल जाये, निकल जाये !!"

जिधर से सोहणी को आना था उधर वह पागलों की भाँति भागा जैसे कोई उसे आवाज आई थी... शायद तूफान के कारण उसे कुछ सुन नहीं पा रहा था--वह चौंका--"आह! यह बारीक-सी... हाँ हाँ उसी की तो होगी!" उसने अपने ऊपरी वस्त्र उतार फेंके...!

"मैं आया, सोहणी रानी.... मैं आया!" वह सोचने लग पड़ा। बूढ़े आम के पास से... आधे मार्ग वह अवश्य पहुंची है... कुछ सोचकर वह किनारे-किनारे दौड़ा। एक पल खड़ा होकर उसने दोनों हाथ जोड़कर चीख मारी--"हारना नहीं, साहस से काम लेना... हाथ मारना छोड़ दे- यूँ ही बहती रह--मैं आया सोहणी रानी...!" उसने नदी में छलांग लगा दी किन्तु तूफान उसे राह नहीं दे रहा था... थककर उसने सिर ऊंचा किया और तीन बार पुकारा "सोहणी... सोहणी... सोहणी... रा... नी ऽऽऽ!" वह चीखा। उसके पैरों को जैसे कुछ लगा--उसने हाथ डाला। रस्सी जैसी कोई चीज थी। ऊपर

खींचा पर्याप्त भारी वेणी थी उसकी जीवन-शमां का बुझता सिर। मन में आया कि दूसरा सिरा भी गुल करके अपने प्रेम की दास्तान समाप्त कर दे किन्तु एक बार फिर प्यारा चेहरा देखने की चाह शेष थी--वह लाश को तैराकर किनारे ले आया। बड़े पक्के कदम रखता वह पानी की ओर चल पड़ा। वह पानी में घुस गया। वह चलता रहा, पानी ऊपर, और ऊपर चढ़ता गया। अब केवल सोहणी का चेहरा महीवाल के कन्धों पर नंगा रह गया था। अब वह खड़ा हो गया "इस अंतिम चुम्बन के साथ मैं अपना विवाह, प्रिय सोहणी रानी, तेरे साथ सम्पूर्णतः पूरा करता हूं!"

नदी के तल से उसने अपने पैर उठा लिये। न खुलने वाले बन्धन में गुंझित दो व्यक्ति झनां की छाती में अदृश्य हो गये।

❐

4. मिरजा–साहिबाँ

मीठी ऋतु, समय सुबह का, झंग-सियालों के गाँव में मर्द हल चलाने गये हुए, महिलाएं काम में जुटीं, गलियों में कोई विरला ही निकलता दीख पाता किन्तु किसी-किसी घर से कोई बच्चा बस्ता गले में झुलाता दिखाई दे पड़ता था।

लटकती-भटकती एक लड़की धीमी चाल से चली जा रही एक द्वार के सामने खड़ी होकर आवाज देती है- अन्दर से उसके बराबर का ही एक लड़का जल्दी-जल्दी बाहर निकलता है, मानो उसी का इंतजार कर रहा हो। वह "ना-ना" करती लड़की से उसका बस्ता पकड़कर अपने बस्ते के साथ उठा लेता है और दोनों चल पड़ते हैं।

"पर मिरजा, तुम मेरा बस्ता मुझे क्यों नहीं उठाने देते हो?" लड़की ने उसकी ओर मुँह उठाकर पूछा।

"तेरा बस्ता उठाकर मेरा मन मस्जिद में जाने का हो आता है, यूँ पढ़ना मुझे अच्छा नहीं लगता।" लड़के ने भोले मन से उत्तर दिया।

"पर मैं तुझे कहती हूं कि तू पढ़ा कर, मुझे तो पढ़ने में बहुत मजा आता है। आजकल मैं बहुत मजेदार किताब पढ़ रही हूं।" और लड़की ने अपने साथ चल रहे लड़के की कमर में बाँह डाल दी।

"अच्छा साहिबां, जैसा तू कहे, मैं पढ़ा करूंगा, पर जो कुछ मौलवी पढ़ाता है उसकी कोई बात मुझे समझ नहीं आती।"

छोटी-छोटी बातें करते वे चलते गये। एक-सी ही उम्र के होंगे- ग्यारह-बारह वर्षों के। पर लड़की लड़के से कुछ अधिक चौतन्य व समझदार दीखती थी।

मस्जिद के द्वार पर पहुंचते ही साहिबां ने मिरजा से अपना बस्ता ले लिया। मस्जिद के आंगन में वे घुसे ही थे कि दो और लडके साहिबां का बस्ता उठाने लगे।

"क्यों साहिबा, आज मेरी बारी है। यह परसों तुम्हारे साथ बैठा था।"

"मैं कब परसों बैठा था-साहिबां, मन्नू झूठ बोलता है!"

साहिबां ने दोनों से अपना बस्ता छुड़ाकर मुस्काते हुए उन्हें कहा--"तुम दोनों मेरी बात भूल गये ना?"

"वह कौन-सी?" दोनों लड़के सोच में पड़ गये।

"कि झगड़ा करनेवालों के साथ मैं कभी भी नहीं बैठूंगी, फिर भले बारी ही क्यों न हो।" साहिबां ने समझाया।

दोनों लड़के शरमाध्कर परे हट गये।

"अच्छा, माना, तेर साथ में कल बैदूँगी। परसों हमीद, तुम्हारो साथ।"

"और आज?" दोनों ने एक साथ पूछा।

"आज मैं मिरजा के साथ बैठ लेती हूं। यह कभी कहता ही नहीं।"

"यह रोज घर से जो तुम्हारे साथ आता है।"

मौलवी को आता देखकर साहिबा ने सभी को अपनी-अपनी जगह बैठ जाने के लिए कहा।

"क्यों साहिबां, यह तेरा कहना नहीं मानते ?" मौलवी ने अपनी छड़ी कील पर टांगते हुए पूछा।

"नहीं जी, यह कभी मेरा कहा मोड़ते ही नहीं कभी-कभी मेरे साथ बैठने के लिए झगड़ पड़ते हैं।"

मौलवी चबूतरी पर बैठ गया। उसके गले में खद्दर का कुर्ता, कमर में नीली तहमद थी। सफेद पगड़ी में से उसके काले पठे पीछे झूल रहे थे जिन्हें वह यदा-कदा उँगलियों से संवार लेता रहा था। भरवीं व नीचे से थोड़ी कटी हुई दाढ़ी, नमाजी माथा, भरा हुआ जिस्म, भरपूर मौलवी दीख रहा था।

"खोलो बस्ते और बारी-बारी सुनाओ जो कल पढा था।" साहिबां ने बस्ता खोला। एक मोटी-सी किताब उठाकर उसने परे कर ली व दूसरी को खोलकर वह सुनाने ही लगी थी कि मौलवी का ध्यान उसकी मोटी किताब पर पड़ गया।

"दिखा तो साहिबां, यह कौन-सी किताब तू पढ़ रही है?"

"अलिफ लैला, बुआ बीबो ने यह दी है इतनी मजेदार है कि मैं साथ ही ले आयी थी। काभी आप आते नहीं सोचा, उस समय पढ़ लिया करूंगी।"

मौलवी ने पन्ने पलटे, कहीं-कहीं से कुछ पढ़कर हैरानी से पूछा "तू समझ लेती है, साहिबां?"

"कई शब्द मुझे समझ नहीं आते--किन्तु सारी कहानी मैं समझ लेती हूं।" किताब साहिबां को वापस पकड़ाते हुए मौलवी ने मिरजा की ओर देखा, वह साहिबां की दाहिनी ओर बे-शौक-सा बैठा हुआ था।

"पर साहिबां, अपने इस साथी को भी पढ़ने का शौक लगा। यह देख कैसे बुद्ध-सा बना बैठा है। मस्जिद के बाहर यह बहुत चुस्त दीखता है।"

"जी, आज मैंने इसे समझाया था। कह रहा था, अब वह भी पढ़ा करेगा।" "सुन रे मिरजा, अगर कल भी तू मुझे ऐसे ही पत्थर बना दीखा तो मैं तेरे पिता को यह कहला दूंगा कि तुझे दानाबाद ले जायें। यहाँ यूँ ही तू अपना व मेरा वक्त बरबाद कर रहा है।"

"एक सप्ताह, मौलवी जी, आप देख लें।" साहिबां बोल पड़ी, मैं बुआ बीबो के घर जाकर इसे पढ़ाया करूँगी, इसे अभी शौक ही नहीं लगा, होशियार तो यह बहुत है।" साहिबां ने मिरजा की ओर देखकर कहा। उसकी बात सुनकर मिरजा ने आंखें ऊपर उठाईं, पर मौलवी को अपनी ओर देखते देखकर उसने फिर नजरें नीची कर लीं।

"अच्छा, और कुछ दिन देख लेता हूं कल से रोज मिरजा, मैं खासतौर से तुझसे सबक सुना करूँगा।"

मस्जिद से छुट्टी लेते ही साहिबां मिरजा के साथ बुआ बीबो के घर गई व मौलवी की बात कही। पढ़ने के लिए बीबो ने पहले भी कई बार मिरजा को कहा था, पर जो बात उसने आज कही उसका असर लड़के पर गहरा हुआ।

"यदि बेटा, मौलवी ने भाइये चौधरी को लिख ही दिया, वह कहेगा, मैंने तेरा ध्यान नहीं रखा व दिन-दो-दिन नहीं लगायेगा कि तुझे आकर ले जायेगा। सारी उम्र में बहिन भाइये से लज्जित ही रहूंगी !"

बीबो के घर कोई सन्तान न होने के कारण, उसने बहन से मिरजा को मांग रखा था, और सियालों का मौलवी भी अच्छा माना जाता था। साहिबां मिरजा के मामा की बेटी थी।

"और बुआ जी, मेरी पढ़ाई भी चौपट हो जायेगी।" साहिबां ने कहा, "मां पहले ही कहती है कि मैं अब सयानी हो गई हूं, मस्जिद में न जाया

करूँ। मैं कहती हूं कि मिरजा जो मेरे साथ होता है, और वह मान जाती है, फिर मन नहीं मानता।"

मिरजा जैसे घड़ी-भर को गहरी सोच में डूब गया।

"बोल न, बेटा, " मासी ने बहुत भाव-पूरित होकर कहा--"तूने ही तो मेरे सूने घर को बसा रखा है--एक साल मेरे लिए ही मन मारकर पढ़ ले, मैं अपनी बहन के सामने सच्ची तो बनी रहूं।"

मिरजा मासी के मुँह की ओर ताकने लगा। उसकी आंखें बता रही थीं कि मामी ने बच्चों का दिल हिला दिया था।

"अच्छा, मासी, साहिबां भी कहती थी, वह मुझे मदद देगी, तू भी थोड़ा बहुत बताती रहना--मैं पढ़ा करूँगा, पूरे ध्यान से पढ़ा करूँगा।" मिरजा ने मासी व साहिबां दोनों को इकरार दे दिया।

प्यार से किये गये बच्चे का इकरार कई बार सयानों के इकरार से अधिक अटूट सिद्ध होता है। मिरजा ने भी अपनी स्वीकृति इस विशेषता से निभाई कि मासी व साहिबां ही नहीं, मौलवी भी हैरान हो गया। साल भर की कमी उसने एक महीने में पूरी कर ली। कई बार मौलवी ने कक्षा में शाबाशी दी।

पहले मिरजा को सारे दिन में एक बात ही अच्छी लगती थी- साहिबां के साथ मस्जिद जाना व आना। अब उसका सारा दिन अच्छी बातों से भर गया--मासी भी खुश, मौलवी भी खुश व साहिबां... वह रोज उसके घर आती, उसका दिया हुआ पाठ वह सारा दिन याद करता व याद करते समय साहिबां उसे अपने पास बैठी ही प्रतीत होती।

अब वह आयु का बारहवां वर्ष पूरा कर चुका था व उम्र की सीढ़ी के अगले डण्डे से मीठी यादों का लहलहाता बाग उसे दीखने लग पड़ा। इस बाग की पवन का एक-एक झोंका बाल-हृदय में यौवन की महक दौड़ा देता था।

साहिबां की पायजेब छनकती, मिरजा की आंखें द्वार की ओर उठतीं, और उसकी मुस्कान लहराई कि मिरजा के होंठों में याद किया हुआ पाठ बिखर-बिखर पड़ता।

पहले उसे सपना आया करता था कि वह साहिबां का बस्ता उठाते हुए अपनी कमर के आस-पास उसके हाथों की उंगलियां गिनता चला जा

रहा है--मस्जिद आती नहीं, वे चलते चले जा रहे हैं, उसके अन्दर कोई अद्वितीय खुशी रची जा रही है। जब अन्दर से गिने जाने से भी यह अधिक हो जाती तो उसकी नींद खुल जाती।

अब उसे और तरह का सपना आने लग गया था--साहिबां उसे पढ़ा रही है, किताबें समाप्त होती जा रही हैं--और अंतिम किताब रखकर साहिबां उसकी चमकती आंखों में झांकती और मिरजा का हाथ पकड़कर कहती है, "और तुझे मैं क्या पढ़ाऊं, मुझ सारी को तो तूने पढ़ ही लिया है साहिबां की उंगलियों के बीच में पाठ उसके अन्दर रचते जाते हैं। वह जाग पड़ता।

किन्तु सपने से तो जाग्रतावस्था फीकी देखकर वह आंखें बन्द कर लेता।

"क्यों मिरजा, पढ़-पढ़कर अभी अघाया नहीं, फिर आ गया है। साहिबां उसे हंसी में कहती और वह कहता मैं पढने नहीं आया दिल तुम्हारे साथ घोड़ी पर बैठकर उड़ने को हो रहा है, घोडी लेकर आया हूं, साहिबां, बैठ जा मेरे पीछे।" और वे जमीन पर नहीं. आसमानों में उडते रहते।

यह वर्ष साहिबां व मिरजा का बहुत ही मीठा वर्ष था। दिन की इच्छायें दो बाल-आत्मायें-- एक का हाथ दूसरे के कंधे पर, दूसरी का हाथ पहले की रात को तारे बनकर सपनों में टिम-टिम टहकती थीं। जमीन-आसमान रंगी गयी कमर के आसपास-यौवन के मस्ताने गुलिस्तान में वे प्रवेश कर रहे थे।

मिरजा के पिता को सूचना मिली कि लड़का पढ़ाई में ठीक-ठाक चल रहा है। वह एक दिन पुत्र को देखने आया। पुत्र के बुझे-बुझे अंग अब खिलते देखकर उसके अन्दर एक विशेष प्रकार की ही तड़प उठी।

"अच्छा जवान निकलेगा मिरजा," उसे जँचा, "इसे युवकों के हुनर में होशियार करूँ।" उसने सोचा--"तीरन्दाजी व घुड़सवारी में इसका मुकाबला करने बाला कोई न हो। मेरा एक ही पुत्र दसों के सामने भारी प्रतीत हो--कोई शत्रु कान भी न फड़फड़ा पाये!" उसने अपनी साली बीबो से बात की। बीबो ने एक वर्ष और पढ़ाने की सलाह दी।

"नहीं बीबो, इसे कहाँ हमने मौलवी या आलिम फाजिल बनाना है काफी पढ़ लिया है। जमीनों वाले दुश्मनी वाले स्वभाव के होते हैं--इस पर घूम डालने वाली जवानी चढ़ती मुझे दीख रही है। इसे मैं तेग चलाने वाला,

तीरंदाज बनाऊंगा, शहसवार बनाऊंगा।"

मिरजा की दानाबाद चले जाने की बात पक्की हो गई, पर दो दिन के लिए उसने बिंजल फूफा की मनुहार कर उसे अपने घर में रखने की स्वीकृति ले ही ली। फूफा को भले गाँव में कितने ही काम थे, किन्तु साहिबां बच्ची की मांग किसी के लिए भी नकारना कठिन था। बीबो फूफी तो उसकी कठिन से कठिन बात मानकर कहा करती थी--"तुझे कोई कैसे मना करे, साहिबां, तेरे मुँह से निकले शब्द भुजाओं की भांति आलिंगनबद्ध कर लेते हैं।"

केवल शब्दों में ही नहीं, उसकी आंखों से भी आलिंगन का आभास मिलता था, जब किसी से वह कुछ मनवाना चाहती उसकी फूलों की भांति चमकती आंखों में से चाव-भरा जीवन तितली की भांति लहरा उठता, मीठा-मीठा-सा वह कुछ वहाँ पराग-सा छोड़ जाती थी।

दो दिन वे एक पल को भी पृथक न हुए एक साथ ही दोनों ने खाना खाया।

"साहिबां, अपनी पुस्तक में से वे कहानियां सुना जो तुझे अच्छी लगती हैं।" मिरजा ने कहा।

साहिबां किताब ले आयी ? पन्ने पलटकर उसने एक कहानी सुनाई, किसी प्यार-पुतली शहजादी की कहानी।

"तूने तो साहिबां यह ऐसे ही पढ़ी है जैसे यह तेरी ही कहानी हो।" मूर्तिवत् बैठा मिरजा कहानी पूरी होने पर चौंका।

"मिरजा जैसा न होगा।" साहिबां ने उसकी ठुड्डी पर उंगली रखकर उस अन्दाज में कहा जो बच्ची से यकायक जवान होती प्यार-भरी किसी लड़की का ही अन्दाज हो सकता है।

"साहिबां, और सुना।" साहिबां की योग्यता को तौल हुए मिरजा ने कहा।

एक-दो-तीन और पूरी चार कहानियां साहिबां ने सुनाईं। सुनाती-सुनाती साहिबां के दिल में न जाने क्या आया कि किताब उसने बन्द कर दी व मिरजा के कन्धे पर हाथ रखकर पूछने लगी "प्यारे मिरजा, जरा यह तो बताओ कभी साहिबां को याद भी करोगे?"

बन्द कमरे की कोई खिड़की जैसे चौपट खुल जाये अथवा जैसे प्रकाश

का झौंका आंखों को चौंधिया जाये। अन्दर से थिकरते होंठों में से उसे कोई उत्तर देते न बन पड़ा।

"तो मिरजा, तुम मुझे एकदम भूल ही जाओगे?" अन्दर से सभी कुछ जानती हुई साहिबां ने यूँ ही बनकर पूछा।

"कौन सी बात, साहिबां मैं तुम्हारी भूल जाऊंगा?" अन्ततः होंठ खुल ही गये।

साहिबां ने होंठों की ओर देखा हलका-सा कम्पन था इन होंठों पर। होंठों से ऊपर उसने आंखें में झांका, पतला सा पानी था इन आंखों में--कहीं वह फूट ही न पड़े अतएव साहिबा ने बातों में बहलाने के लिए पूछा--"अच्छा, बता सचमुच याद किया करेगा?" दोनों हाथों में वह उसका हाथ लेकर दबाने लगी।

"अपनी कगर के आरापारा तेरा हाथ... नहीं-नहीं, तेरा मुझे पढ़ाने आना... नहीं, यह भी नहीं सबसे अधिक तेरा मुझे यह पूछना कि रात में क्या सपना आया था, सुनकर तेरा जैसा चेहरा हो जाया करता था, वह मैं खोजता ही रहूँगा... नहीं, साहिबां, नहीं-- सच बताऊं... मुझे नहीं मालूम मैं तुझे कैसे-कैसे याद करूँगा--किन्तु यह मैं अच्छी तरह जानता हूं कि मैं तुझे जीवन-भर भी भूल नहीं पाऊंगा।"

दूसरी सुबह प्रातः बेला में ही बिंजल घोड़ी पर चढ़ बैठा। मिरजा मासी के गले लगकर अपनी जेब में से एक चाकू साहिबां को निशानी देने के लिए पैर उठाता व मुड़-मुड़कर साहिबां की ओर देखता मिरजा पिता के पीछे ही बैठ उसे पकड़ा रहा था कि पिता ने जल्दी करने के लिए कहा। बड़ी कठिनाई से गया। बिजल ने घोडी को एड़ लगाई मिरजा का चेहरा पीछे ही मुड़ा रहा जब तक कि पिता ने डांटकर नहीं कहा "अपना भार सम्भालकर बैठ न!" और अब साहिबां उसे खोजने से भी हट गई थी।

दानाबाद पहुंचते ही बिजल खान ने कई उस्ताद बुलवाकर मिरजा को उन्हें सौंप दिया।

"तब जानें आपकी उस्तादी" बहत इनाम इकराम देने का लालच देकर उसने कहा, "यदि मिरजा जैसा तीरन्दाज, और घुड़सवार सारे इलाके में कोई न हो!"

"इन्शा अल्लाह !" उस्तादों ने मिरजा का गठीला बदन देख-भालकर

उसके साथ पंजा लड़ाया।

"बहुत जान है, खान, इसकी भुजाओं में।" उन्होंने पिता को विश्वास दिलवा दिया।

पिता के घुड़साल में से 'बक्की' नामक घोड़ी उसके लिए चुनी गई। इसका असली नाम 'अरबी शहजादी' था, किन्तु मिरजा की छोटी बहन इसे अपनी तुतलाती बोली में 'बक्की' कहने लग पडी थी। 'बक्की' कद में छोटी, सिर-बुद्धि से भरपूर बौड़ा माथा, मोटी आंखें और चौड़ी नासिका, कंधे ढलवां, पीठ छोटी किन्तु तगड़ी, पैर छोटे किन्तु पक्के, उड़ जाना उसकी आदत थी। प्रत्येक उसकी सवारी नहीं कर सकता था किन्तु मिरजा को उसने पहली नजरों में ही स्वीकार कर लिया था। वह अब 'मिरजा की बक्की' कही जाने लग पड़ी थी--केवल बिंजल ही इसे अरबी शहजादी कहा करता था।

तीरन्दाजी का उस्ताद भी मिरजा की तारीफ के पुल बांधने लगा--"अभी साल नहीं हुआ इसे सीखते--क्या उम्र है इस जातक की, और चार वर्षों में देखना, यदि आंखें बन्द कर इसने तीरंदाजी न की तो!"

वर्ष बीतते गये। मिरजा व 'बक्की' आसपास की गाथा बन चुके थे। त्रिअखों में यौवनायें मिरजा के गीत गातीं, 'बक्की' की चाल की ओर लोग देखते ही रह जाते।

सपनों वाली घोड़ी तो मिरजा के नीचे आ गई, सपनों वाली शहजादी, वह सोचता, कब इस पर चढ़ेगी। 'अलफ लैला' की किताब इस शहजादी ने उसे निशानी दी थी। जब कभी उसके उस्ताद विनम्र-मीठे होते वह साहिबां से सुनी कहानियां किताब में से पढ़ता व उस रात वह कहानी का शहजादा बन जाता, 'बक्की' उसके नीचे और साहिबां को खोजता वह उड़ता फिरता...

कई बार उसके मन में आया, वह सियाल जा पहुंचे किन्तु उसके उस्तादों का आपस में मुकाबला था, किसके हुनर में मिरजा पहले उस्ताद बनता है, बहुत ऊंचा लक्ष्य बिंजल खान ने उनके सामने रख दिया था। उस्ताद उसे कभी छुट्टी न देते थे।

'बक्की' की एक दौड़ पर झंग-सियाल थे। उसका दिल चाहते हुए भी वहाँ पहुंच नहीं पाया, किन्तु उसे सूचनायें पहुंचती थीं कि सियालों में सौन्दर्य की नदियां चढ़ रही हैं। पतली-लंबी बालिका अब नवयौवना हो गई थी--जुल्फों

में कोई जादू घुस गया था, रात की काली आंखों में तारे जल उठे थे, पतले-पतले होंठ अब भर आये थे किन्तु उनके कुण्डलों की धारियां दोनों ओर धार की भांति बारीक हो गई थीं। उसके दिल की उमंगें सीने पर उभर आई थीं व उसकी बाल-बोली का एकतारा सितार बनकर गम्भीर लय में छनक पड़ा था। जिसके कानों में उसका बोल पड़ता, उसके अन्दर कोई छिपी तमन्ना झनझना उठती।

साहिबां जवान हो गई, जीवन-सागर बनकर लहरों-लहर हो गई।

बुआ बीबो के घर वह प्रतिदिन जाती। बुआ कई बार दानाबाद हो आयी थी। मिरजा से मिल आयी थी। "कितना सुन्दर निकला है!" बुआ के मुँह से बातें सुनकर वह नशिया जाती।

"बुआ, तुमने कहा नहीं, कभी पल-दो पल के लिए सियाल भी हो आये।"

"वह तो आने को तरस रहा था--पर भाइया खान के सिर पर खब्त सवार है, मिरजा जैसा कोई शह-सवार न हो, न तीरन्दाज, न तलवार का धनी हो। उसके उस्ताद हर समय उसके साथ चिपके रहते हैं।"

"क्या बुआ, उसे याद है कि मैं भी कभी उसकी उस्ताद थी?" साहिबां पूछती।

"याद पूछ रही है? वह तेरी किताब उठाकर मेरे पास ले आया--वह तूने ही उसे दी होगी। कहता था, पल निकालूं या घड़ी, एक-आध कहानी मैं इसकी प्रतिदिन पढ़ता हूं--मासी, साहिबां को यह जरूर बता देना।"

कितनी-कितनी रात गये साहिबां सो न सकती, सोचती रहती, मिरजा कैसा लगता होगा। यदि वह अब आजाद है तो क्या वह उसकी कमर में वैसे ही बांहें डाल सकेगी? और यदि आज मिरजा उसके कंधे पर उसी प्रकार हाथ रख दे तो... वह... वह... वह सारी-की-सारी थिरक उठती व कहती "प्यारे मिरजा, एक बार तो आ जा, मैं देखना चाहती हूं कि अब मैं तुझे कैसी लगती हूं?"

उसकी आंख लग जाती, मिरजा आ जाता व घोडी पर उसे चढ़ाकर बादलों के ऊपर उड़ जाता।

साहिबां के विवाह की बातें होने लगीं, कइयों का विचार आया। बीयो ने एक बार अपनी मां को भी कह दिया कि मिरजा जैसा लड़का ढूंढने से भी

मिलने का नहीं। मां को बात भली लगी, उसने साहिबां के बाबा खीवेवाखान की सलाह जानना चाही।

किन्तु खीवाखान गहन विचारों वाला व्यक्ति था, "भोली मलकी, हमारी एक मात्र ही तो लडकी है, इसके द्वारा कोई बड़ा घर क्यों न अपनायें ? बिजल का घर तो हमारा है ही।"

"फिर तुमने क्या सोचा है? साहिबां अब विवाह-योग्य है।"

"चन्दड़ हमारे मुकाबले के ही हैं, कुछ अकड़ भी दिखाते रहते हैं, बहिर उसका पुत्र जवान भी है। यदि इस घर रिश्ता हो जाये तो समझो सारा इलाका ही अपना हो जायेगा।

बाबा की यह सलाह सुनकर साहिबां बहुत बिलखी। बुआ बीबो के घर जाकर रोयी। उसने दिलासा दिया, बताया कि वह अपने पिता से जोर भी लगा आयी थी किन्तु पिता चन्दड़ों पर बिछा पड़ा है, किसी की उसने कभी सुनी ही नहीं।

"बुआ, तुम मिरजा को जाकर कहो, वह अपने मां-बाप पर जोर डाले, यहाँ से आप और फूफा हो आयेंय फिर भी क्या बाबा नहीं मानेंगे?"

बीबो दानाबाद गई। बहन-बहनोई से सलाह की किन्तु बहन अपने पिता की बातों से परिचित थी व बहनोई बहुत गैरत वाला था।

"चन्दड़ों का स्वाद भी खीवा देख ले, मैं तो बीबो, जाऊंगा नहीं।" बिंजल ने एकदम ही इनकार कर दिया।

अन्ततः बीबो ने मिरजा को समझाया, वह चलकर स्वयं कहे कि साहिबां पर उसका अधिकार सबसे पहले बनता है।

"जरा भी ढील न देना, प्यारे। नाई चन्दड़ों के यहाँ जाने ही वाला है। साहिबां खाना-पीना सभी कुछ भूल बैठी है।"

मिरजा को तीर व घोड़ियां आदि सभी कुछ भूल गये। मासी के पीछ-पीछे ही वह सियाल पहुंच गया।

देखने-सुनने में अन्तर था। झंग-सियालों की दीवारें भी मिरजा को पहचानती थीं। छतों पर से लड़कियां हाथों के काम छोड़ शाहसवार को देख रही थीं। उसके दोस्त उसे मिलने आये, वह अपने मौलवी को सलाम करने गया। देखकर मौलवी उठ खड़ा हुआ। लगा, कोई चौधरी आया है।

"मिरजा- आपका नालायक शागिर्द!"

"अल्लाह-अल्लाह-- सुबहान अल्लाह--मिरजा, मिरजा !" मौलवी ने गले से लगा लिया। चूमा। अपने नाना को भी मिरजा बहुत प्यारा लगा। मामी-नानी ने प्यार से मुँह साहिबां की दशा विचित्र हुई थी। कई प्रकार से मिलन उसने सोचा हुआ था किन्तु मिरजा को देखकर न उसके हाथ उठे, न होंठ खुले। अचानक ही जैसे उसका सपना आंखों में से निकलकर सामने आ खड़ा हुआ था। मिरजा ने उसकी ओर देखा।

मन में आया, उसके कंधे पर बरबस ही हाथ रख दे, किन्तु यह कन्धा वह नहीं था, उसका हाथ भी वह नहीं था जो वह उसकी कमर के आस-पास प्रतिदिन डाल देती थी...!

आह, कैसे हो गये हैं साहिबां के कंधे, कैसे हैं इसके हाथ! मिरजा हैरान था-"और इतना सारा क्या कुछ नया उसकी छाती, उसकी कमर उसके अंग-अंग में से मानो तारे झिलमिला रहे थे।

"साहिबां!" इतना ही उसके मुँह से निकल सका।

"मिरजा!" इतना ही उत्तर वह दे सकी।

और वे सारे बैठ-बिठाकर नाते-रिश्तेदारों की सुख-शान्ति पूछने लग पड़े।

सगय देखकर गिरजा ने अपने नाना रो दिलेर होकर बात की। केवल साहिबां से बोलने के लिए उसे कोई शब्द नहीं मिल पा रहे थे। और हर किसी के साथ बात करता वह जरा भी नहीं घबराता था, उसके यौवन ने उसमें हद का साहस भर दिया था।

पिता ने रोका था कि वह खीवाखान के पास न जाये।

"पर मैं जाऊं क्यों नहीं, साहिबां पर मेरा अधिकार सबसे पहला है।" उसने बेझिझक होकर कहा था।

नाना से भी वह कतई न शरमाया, "दोहित्र तो नाना जी, मैं आपका हूं ही, अब आप मुझे अपना पुत्र बना लें। साहिबां के साथ मैं खेला हूं, किसी अन्य के घर वह जाये यह मेरे अधिकारों पर कुठाराघात होगा।"

एक बार तो खीवाखान भी अपने दोहित्र की दिलेरी पर पसीज पड़ा किन्तु चन्दड़ों के यहाँ वह नाई भिजवा चुका था। उनसे संबंध बनाने के लिए वह उधार खाये बैठा था।

"बेटा मिरजा, तू मुझे बहुत अच्छा लगता है। यदि साहिबां की कोई

एक भी बहन होती तो मैं कभी भी तेरी बात नहीं लौटाता। अब मैं चाहता हूँ, चन्दडों से संबंध करके निश्चिन्त हो जाऊं, फिर कोई हमारी हवा की ओर भी देख पाने का साहस नहीं कर पायेगा... आप तो हमारे हैं ही!"

मिरजा ने बहुत दावे के साथ कहा कि अभी भी उनकी हवा की ओर देखने बाला कोई जन्मा ही नहीं, क्या हुआ कि वह पिता का एकमात्र पुत्र था, वह अकेला ही ग्यारह की शक्ति का आभास दे रहा था।

नाना उसके साहस को देख अन्दर-ही-अन्दर पुलकित हो उठा, किन्तु वह यह बात नहीं भूल सकता था कि चन्दडों के सात पुत्र थे, सिंहों के समान।

"तेरा दिल तोडने का मुझे बहुत दुःख है, किन्तु मैं उन्हें नाई भिजवा चुका हं-- अपनी बात से फिरना मैंने सीखा नहीं।" जिद्दी नाना ने बात ही समाप्त कर दी।

मिरजा उठकर मासी के घर चला गया उसने उसे कहा कि अपने घर साहिबां से मिलवा दे। मासी के लिए यह कोई कठिन बात नहीं थी, मायके में उसकी अच्छी साख थी। बच्चे के न होने के कारण उसने पढने का शौक अपना लिया था- सारा ही परिवार उसे अच्छी सयानी समझता था।

मासी के घर में कई वर्ष मिरजा साहिबां की प्रतीक्षा करता रहा था। जब वह मस्जिद जाती तो रास्ते में उसे आवाज दिया करती थी। कितनी-कितनी देर तक वह उसका रास्ता देखता रहा करता था किन्तु उसे देखकर वह छिप जाता था--श्वह आवाज देगी! वह श्मिरजा कहेगी...श

कई वर्षों बाद आज वह उसी घर में साहिबां की प्रतीक्षा कर रहा था, किन्तु इस प्रतीक्षा में जमीन-आसमान का अन्तर था। उस समय केवल उसकी आंखें ही साहिबां के लिए प्रतीक्षारत थीं, आज उसे यह पता नहीं लग पा रहा था कि उसका कितना कुछ साहिबां के लिए तड़प रहा था।

साहिबा आ ले... उस समय वह मुझसे लंबी थी, अब वह मेरे कंधों तक ही आती है, मैं उस समूची को अपने दिल में छिपा लूंगा !

और साहिबां आ गई। आज उसके पैरों में पाजेब नहीं थीं, तो भी पहले से अधिक छन-छन करती मिरजा को महसूस हुई। उसे देखकर उसका अभी बना इरादा उसकी धमनियों में धक-धक करने लग पड़ा।

जब वह समीप पहुंची, उसके होंठ भी न खुल सके। साहिबां ने

हल्का-सा हाथ उसकी कमर के आस-पास रख दिया। मिरजा ने भी न चाहते हुए उसके कंधे पर हाथ रख दिया किन्तु दोनों हाथों में दबाव की चाह लजा गई थी।

बीबो इन दोनों को इस प्रकार देखकर प्रसन्न हुई, अन्दर चारपाई पर बैठकर हाथ का काम निपटाकर आने को कह गई।

चार बालिश्त की दूरी से उन्होंने एक-दूसरे को देखा, किन्तु साहिबां की नजर विचित्र थी। कई यौवनाओं ने मिरजा को बड़े अरमानों के साथ देखा था, किन्तु साहिबां की इस मसर में कुछ फर-फर कर रहा था। साहिबा की रूह का पंछी पलकों पर तुला, उड़ान के लिए किसी दिल की मेहराब खोज रहा था। मिरजा की आंखों में यह मेहराब पंछी को अक्सी हुई दीख पड़ी। फर-फर-फर पंछी टहनी से फुदककर मिरजा की बांहों में समा गया। इस समा जाने में अन्तहीन चैन था। इन बांहों की कैद गें अत्यंत ही आजादी थी।

जब बांहे खुली आंखों में कोई अजनबी नहीं था। बेगानगी की नकाब उतर चुकी थी। दो भाग्य एक ही मिलन में गड्डमड्ड हो गये। एक की आंखों को दूसरे के नक्श ही नहीं. एक-दूसरे के दिल की धड़कन सुनी जा सकती थी। सब-कुछ कह पाना आसान हो गया। कुछ भी करना कठिन न रहा।

"मिरजा, अब तुम क्या करोगे?" साहिबां ने पूछा।

"अब कोई कठिनाई रही ही नहीं।" मिर्जा के उत्तर में शांति थी।

"वह कैसे ? मुझे भी तो बताओ।" साहिबां की आंखों में आशा की किरण झलकी !

"तुम मेरी हो, यही विश्वास की कमी थी। अब कोई जन्मा ही नहीं जो मुझसे तुम्हें छीन सके !"

"पर कहते हैं, चन्दड़ों के घर पुत्रों की फौज है!"

"इन भुजाओं में समूची सेना का जोर है!" मिर्जा ने साहिबां के कंधों पर हाथ रख दिये।

"पर मिर्जा, मेरे भाइयों के साथ तुझे लड़ना न पड़े।" साहिबां का रंग उड़-सा गया।

"नहीं साहिबां, वे मेरे भी भाई हैं। विश्वास रख, मेरे तीरों और मेरी घोड़ी बक्की के रहते हुए, मुझे किसी से भी लड़ना नहीं पड़ेगा, किसी में

हिम्मत नहीं। किन्तु यदि मां-बाप की बदनामी से घबराये तो मुझे बता दे।" मिर्जा ने कंधों से हाथ उठा लिये।

"बदनामी तो वे स्वयं करवाना चाह रहे हैं, केवल चाहती हूं कि मेरे कारण उनमें से किसी को घाव न लगे। जिस वृक्ष से जन्मी, बड़ी हुई और तेरे जैसे राजकुमार की नजरों में चढ़ी हूं, उस वृक्ष का मेरे कारण कुछ न बिगड़े।

"फिर तू निश्चित रह। मुझे सूचना ठीक समय पर मिल जाये, मैं और बक्की तत्काल पहुंच जायेंगे, इतना विश्वास करो!"

इतने में बीबो काम समाप्त कर आ गई। साहिबां चारपाई से उठकर बुआ के गले लग गई।

"साहिबां बेटी, मैं समझती हूँ तेरा घर मिरजा का घर ही है। मैं तुम्हारे साथ है। हर प्रकार की बदी की साझी भी हूँ।" बीबो ने धैर्य बंधाया।

"मासी ठीक समय पर सूचना देना अब तुम्हारा जिम्मा होगा। साहिबां जिसकी है, उसके पास ही रहेगी।" मिरजा के आत्मविश्वास ने दोनों महिलाओं के दिल का कमल खिला दिया।

बक्की पर चढ़ा जितनी देर मिरजा पलट-पलटकर पीछे देखता रहा, बक्की कदम-कदम चलती रही। गाँव से निकलते ही बक्की उड चली। धूल का आकाश उसने अपने आस-पास आकाश तक बिखेर दिया। उसकी टाँगें छिप गईं-दो सिर आकाश में तैरते दीख रहे थे।

साहिबां के जीवन के लक्ष्य ने, उसके एक आलिंगन मात्र ने उसका जीवन ही बदल दिया था। आशायें आरजू बन गई- आरजू दुआ बनकर रोम-रोम में उठने लगीं। रात में साहिबां को बुआ हीर का सपना आया। सियालों ने एक होनहार बेटी पहले ही बरबाद कर दी थी। उसकी कब्र गाँव से बाहर की ओर थी। सियाल उसकी कब्र पर नहीं जाते थे किन्तु अन्य लोग माई हीर की दरगाह से मुरादें पाया करते थे।

प्रातः मुँह-अंधेरे की आड़ लेकर उसने जाकर हीर की दरगाह पर सिजदा किया। इश्क की मलका के सामने जाकर गिड़गिड़ाया कि वह मिरजा की मुहाफिज बने।

सारा दिन उसे लगा ज्यों उसकी बड़ी बुआ हीर ने उसे गोद उठाये रखा, वह उड़-उड़कर घर का काम करती रही, किन्तु जब उसके कानों में

भनक पड़ी कि नाई उसका रिश्ता चन्दड़ों के यहां कर आया है तो मानो उसके पंख टूट गये।

नाई ने आकर बताया, "चन्दड़ फूले नहीं समा रहे थे। कह रहे थे, ढोल-दमाके से पहुंचेंगे, संसार सदा याद करेगा।"

उसके अपने गाँव में भी विवाह की तैयारियां बढ़ती गईं। ज्यों-त्यों तैयारियां आरंभ हो गई, साहिबां का दिल घटता गया। पंद्रह दिन... चौदह दिन... एक सप्ताह... आधा सप्ताह... अन्ततः कल बारात आने वाली थी।

मिरजा की ओर से कोई सूचना न आयी। बीबो बुआ स्वयं जाकर मिरजा को सभी कुछ बता आयी थीं।

मिरजा ने कहा था-"साहिबां लेशमात्र भी चिन्ता न करे।

अन्ततः बारात आ ही गई। कई मुजरे साथ थे। सारा गाँव राग-रंग में मस्त हो गया। एक साहिबां व दूसरी बीबो को रादगा खाये जा रहा था। मार्ग देख-देखकर आंखें थक गई। अब घनी सांझ भी घिर आयी थी।

तभी किसी ने घोड़ी तबेले में आ बांधी। बीबो की जान में जान आयी। उस का घरवाला मुजरा सुनने गया हुआ था। अतिथि को अन्दर बुलाकर उसने साहिबां की व्यथा सुनाई और पूछा कि वह क्या करना चाहता था।

"बस, मासी, कहना, साहिबां तैर रहे। मुर्गे की बांग के साथ मैं और बक्की उसके द्वार के सामने होंगे। उस समय बेसुध नींद में संसार सोया होगा" एक-एक पल साहिबां के लिए सदियों से भी लंबा हुआ जा रहा था।

"यदि मिरजा न आया, डोले में चढ़ी कल मैं मौत के कंधों पर सवार होऊंगी... यदि मिरजा न आया... उसने मुझसे पल्ला छुड़ाया... तो मैं किसके लिए जिऊंगी ?... मिर्जा यदि अपना ले तो मैं कैद भी काट सकूंगी..."

बाजों के स्वर गूंजे। साहिबां ने अपना दिल दोनों हाथों से भींच लिया... "हाय-हाय.. मिरजा नहीं आया!" एकदम वह मरने के उपाय सोचने लगी।

बीबो ने आकर बांहों में लपेट लिया। प्रियतम की खबर पाकर मरने की बजाय जीने की इच्छा पुनर्जीवित हो उठी।

आधी रात गये चांदनी थी। मुजरा सुनकर लोग घरों में जा सोये। दिन के ढोल-ढमाके के पश्चात् गाँव में नींद की शांति छा गई। इस मौन में साहिबां चारपाई पर पड़ी किसी आवाज की प्रतीक्षा कर रही थी। थकावट

का बहाना कर उसने लेटते समय कपड़े उसी प्रकार रहने दिये थे।

घोड़ी के पैरों की पदचाप...

चप... चप...!

साहिबां उठी। चारों ओर देखा, सभी सोये पड़े थे। सोते चेहरे उसे अच्छे लगे--उसने उसांस भरी, "कभी इस घर से तिनका तोड़कर मुझे जाना न पड़ता !" दबे पाँव आंगन लांघ, द्वार खोल वह दीवार से लगकर खड़ी हो गई।

पल-भर पीछे ही घोड़ी उसके समीप आ खड़ी हुई। सवार ने रकाब में से एक पैर निकाला। साहिबां ने अपना एक पैर उसमें डाल दिया। सवार का बढ़ा हुआ हाथ पकड़कर व दूसरा काठी पर डालकर साहस कर साहिबां सवार के पीछे जा बैठी। उसकी मेहरबानी का बे-आवाज शुक्रिया अदा करने के लिए एक बार उस सवार की कमर के आस-पास बांहें लपेट लीं। मुँह नीचा करके सवार ने उसकी भुजायें चूम लीं।

गाँव की सीमा से निकलकर बक्की उड़ चली। मिरजा का सपना सच हो गया था।

कुछ मार्ग लांघकर मिरजा को साहिबां से दिया इकरार याद आया- "तेरे भाइयों को ताब नहीं आयेगी" पर यदि उन्होंने पीछा किया तो टकराव होना स्वाभाविक ही है, यह सोचकर मिरजा ने दानाबाद का मार्ग छोड दिया, लंबे रास्ते की ओर लगाम घुमा दी।

"साहिबा, दिन चढ़े दानाबाद यहाँ से भी दूर हो जायेगा किन्तु एक बहुत ही सुंदर बाग के समीप हम पहंचे होंगे। यह बाग तेरे साथ मेरे सपनों का एक अंग है। वहाँ उतरकर मैं तेरी आंखों में अपना भाग्य पढ़ना चाहूँगा।"

"पर मिरजा, इस राह में तो हमारी 'बीड़' है, उसका रखवाला डोगर फिरोज बड़ा शैतान है।" साहिबां सोच में पड़ गई।

"साहिबां, तू क्यों चिन्ता करती है, डोगर-मोघर किसके बिचारे हैं।" बक्की उड़ती गई।

इतने में वे बीड़ में जा पहुंचे। सचमुच आगे डोगर फिरोज आ टकराया। पहुंचते ही ऊल-जलूल बोलने लगा। मिरजा ने समझाया, वह अपना काम किये जाये, उसके रोके तो उन्होंने रुकना नहीं, यूँ ही वह जान

गंवा बैठेगा।

डोगर की अकड़ इतने से टूटी नहीं, मिरजा को गुस्सा चढ़ा, उसने तलवार पकड़ ली, साहिबां यदि उसकी बांह न पकड़ लेती तो डोगर का कांटा उसने मार्ग में से निकाल फेंका होता।

“न मिरजा, हमारा प्रथम मिलन ही रक्त से न भीग जाये !”

“किन्तु साहिबां, यदि उसे जीवित छोड़ दिया, तो अब यह तेरे घर हमारी सूचना पहुंचा देगा। तेरे भाई दानाबाद जाने की बजाय इधर आ जायेंगे, सारी युक्ति ही धरी रह जायेगी।”

“इसके जाते-आते तो हम अपने ठिकाने पहुंच जायेंगे !”

“हट, परे हो, अहमक डोगर।” और मिरजा ने बक्की छोड़ दी।

पौ फूटते ही वह प्रफुल्लित बाग के सामने आ गया। वृक्ष के एक झुरमुट के नीचे बक्की खड़ी करके मिरजा उतरा व साहिबां को उतारकर उसने अपने गले लगा लिया। मिलन के सुख में सभी दुःख विस्मृत हो गये। साहिबां ने मिरजा के कंधों से कमान पकड़ लिया। मिरजा ने उसमें एक तीर अड़ा दिया।

“यह तीर और यह कमान, यह बक्की और मेरी यह भुजायें व तुम”, मिरजा ने साहिबां का सिर चूमते हुए कहा, “दोनों संसार मुझे अपने प्रतीत होते हैं।”

बक्की को एक जण्ड के वृक्ष से बाँधकर, एक समतल-सी भूमि पर वे जा बैठे। वृक्ष पर से एक पंछी चहका--

“साहिबां, यह बधाई दे रहा है किन्तु साहिबां चिन्तातुर थी। वह पछता रही थी, डोगर अवश्य ही घर पहुंचा होगा वे आते ही होंगे।

“मिरजा, यहाँ क्यों ठहरते हो? चलो, घर पहुंचें।”

“नहीं साहिबा, क्या पता वहाँ कौन-से बखेड़े पड़े हों! उनमें फंसने से पहले तुम समूची को अपने दिल में समा लेने की चाह तो पूरी कर लें। इन प्यासे होंठों की प्यास तो बुझा लें, इन तेरी जुल्फों की रात में अपनी आशा के तारे तो देख लू-एक क्षण के लिए तू सारी दुनिया भूल जा, मेरे इस दर्द-भरे दिल की स्वामिनी साहिबां, मेरे वियोग की पीड़ा तो दूर कर दे!”

एक ही दम सांसारिक भूमि से साहिबां के पांव उठ गये, प्यार के निर्दोश आकाश में उसने दौड़कर मिरजा को गलबहियां डाल दीं। एक पल

के चैन ने समूची आयु की बेसब्री दूर कर दी।

पिछली दो रातों में मिरजा आंख नहीं लगा पायी थी--दिल, दिमाग सारे पट्टे खींचे-तने हुए थे। दिल का प्रेमी दिल से लगा, वर्षों की कमी पूरी हुई। मिरजा की रूह से जैसे कोई शिकंज्जा खुल गया हो "साहिबां, इस पल के स्वर्ग के मूल्य में सारे जीवन को देने के लिए तैयार हूं। अब क्या हो, मुझे चिंता नहीं मुझे मेरा यह सिर अपनी जंघाओं पर रख लेने दे और फिर तू मेरी आंखों में झांकना !"

मिरजा लेट गया, बाँहें फैलाकर उसने साहिबां को लपेट लिया। कभी स्वयं साहिबां का सिर नीचा होता तो कभी वह स्वयं उसे नीचा कर लेता।

थके अंगों को प्यार की झरती फुहार ने मस्ता दिया। आंखें मिच गईं। तरकश व कमान उसे चुभते देखकर साहिबां ने गले से उतारकर उन्हें एक ओर रख दिया, व उसके नींद में स्वप्निल नक्शों को देखकर निढाल होती गई। एक बार स्वप्निल नक्श मुस्काये, साहिबां ने हलका-सा चुम्बन दे दिया।

अब फिर उसे अपना अतीत याद हो आया, कोई भनक पड़ती तो वह बौखला कर उठ बैठती, मिरजा को उठाना चाहती, किन्तु वह आवाज यूँ ही हुई होती। "किन्तु यदि डोगर की सूचना पर वे इधर आ ही गये!"

उसने तरकश के तीर गिने, बारह से भी अधिक थे, उसने कमान पर हाथ फेरा--बहुत निर्दयी कमान थी। भाइयों की याद आयी, मिरजा के अचूक निशानों की बात याद हो आयी, उसका दिल काँप उठा।

"किन्तु मिरजा ने मुझे वचन दे रखा है।" उसने निश्चिन्तता का श्वास भरा।

"किन्तु यदि वे एकदम ही ऊपर ही आ गये तो मिरजा वचन कैसे निभा पायेगा ! वे अनेक होंगे... तीरों से तो वे समूची सेना को ही गिरा सकते हैं।"

साहिबां ने हलके-से मिरजा को जगाया "उठ, चल पड़ें!"

किन्तु मिरजा किसी गहन सपने में खोया हुआ था। "कोई आ गया है ?" उसने पूछा।

"नहीं!"

वह फिर सो गया।

"भाइयों ने अवश्य आ जाना है।" साहिबां का भय बढ़ता गया, "सारे

मर जायेंगे।" प्यारी जंघाओं से अडोल उतारकर उसने तरकश उठा लिये व दूर जाकर पीछे की ओर की ऊंची-सी टहनी पर अटका आई व फिर से वह सुन्दर सिर उसने अपनी जंघाओं पर रख लिया।

'और यदि उन्होंने मेरे निहत्थे मिरजा को मार दिया... तो...?' सोचकर दिल दहल उठा।

"मैं बीच में पड़ जाऊंगी, मुझे चीरे बिना मिरजा को तलवार छू नहीं सकेगी। यदि उनकी मौत मैं बर्दाश्त नहीं कर सकती तो वे मेरी कैसे बर्दाश्त कर लेंगे!"

इस सोच ने वे ठण्ड-सी मन में समा दी, मिरजा के माथे पर पवन वेग-से आ गिरे। कुण्डलों को परे करके उसने उसका माथा चूम लिया।

उसे घोड़ों की टप-टप सुनाई पड़ी। "वे आ गये!" छोटा छिन्दा भाई जो आगे ही था, उसने पहचान लिया। उसके हाथ-पैर फूल गये। उसने मिरजा को झकझोर कर जगाया, "उठ, बक्की पर चढ़ भाग निकलें !"

"तरकश !... मेरा तरकश--साहिबां, मेरे गले में था, मैं मरता नहीं--तने हुए तीर की ललकार ही आफत टाल सकती है, कहाँ है मेरा तरकश ? ओह मेरा तरकश ?"

"मिरजा, मुझे क्षमा कर देना, भाइयों के प्यार में मैं तेरे प्रति बेदर्द हो गई। तरकश तेरे हाथों से मैंने ही उतार लिये हैं- अब वे तेरे काम नहीं आयेंगे। वे आ पहुंचे--बक्की पर तुरन्त छलांग लगा दे!"

"नहीं साहिबां, तुझे छोड़कर मैं भाग नहीं सकता," घोड़े की काठी में लगी तलवार वह दौड़कर ले आया, "अब साहिबां, गिनती ने ही विजय पानी है, क्षमा कर देना यदि तेरे किसी भाई को चोट आ जाये। पर मैं लड़ता हुआ ही मर सकता हूं।"

साहिबां उसके गले से चिपक गई। मिरजा ने परे कर दिया। "वे तुझे क्यों मारेंगे? एक--नहीं दो व्यक्ति मेरे सीने से परे करके खंजर मेरे सीने से पार कर देंगे। हट जा--साहिबां, वे ऊपर ही आ गये- मुझे अपने भाग्य से निपट लेने दे!"

मिरजा ने तलवार उठा ली। सात व्यक्ति घोड़ियों से नीचे उतरे, तलवारें चमक उठीं, साहिबां कूदकर बीच में आ खड़ी हो गई।

"ओ भाइयो ! अब न मैं भाग सकती हूं, न मिरजा, जल्दी न करो।

ओ मेरे अच्छे वीर भाइयो!"

"हमें किसी की कोई बात नहीं सुननी, अपना चोर हमने घेर लिया है।"

यह उसका भाई नहीं था, साहिबां इसे पहचानती नहीं थी, किन्तु यदि वह उस रात वहाँ से भाग न आयी होती तो यह उसका पति बना होता।

"मेरे वीर भाइयो, मैं तुम्हें कह रही हूं, तुम्हें जिनकी वफा के प्रति मैं मिरजा से बेवफा हुई हूं..."

"अच्छी वफा करके तू आयी है!" छोटा भाई बोला।

"एक बार ही जीवन में मैंने अपने दिल से वफा की थी, अन्यथा मैं सदा दूसरों के प्रति वफादार रही--पर छोड़ो, यह बात यदि मैंने इसके तीर न छिपाये होते तो तुम में से कइयों ने इस समय अपने पैरों पर नजर नहीं आना था। मेरी इस वफादारी के कारण ही मेरी बात सुन लो !"

"हम हरगिज नहीं सुनेंगे," वही पहले बोला चन्दड़ों का ताहिर।

"मेरी प्रार्थना, मेरी दुहाई तुम्हारे आगे नहीं, अपने भाइयों के आगे है।" कोई घृणा घिरी हुई थी साहिबां की नजरों में, उस व्यक्ति के प्रति जो जबरदस्ती किसी स्त्री का पति बनना चाहता है।

"क्या चाहती है, अच्छा, बता!" बड़ा भाई बोला।

"इसे हम जीवित तो नहीं छोड़ेंगे! यह हमारा चोर है।" ताहिर फिर से बोले बिना न रह सका, साथ ही मिरजा के पेट का निशान बांधकर उसने अपनी तलवार फेंक मारी।

निशाना चूक गया, किन्तु मिरजा का रक्त खौल उठा। वर्षा की भांति वह लपका, "इसके लिए मेरा कोई वचन नहीं है, साहिबां!" परेशान खड़े साथियों के बीच में से बिजली कौंधी एक वार में ही मिरजा ने ताहिर को ढेर कर दिया।

यह देख सभी उस पर टूट पड़े। तलवार पर तलवार कौंधी। मिरजा तेग का भी धनी था। सभी के वार रोकता रहा।

साहिबां कुरलाती, भाइयों के पाँव पड़ती, हाथ पकड़ती, वास्ते डालती रही, "मेरे वीरो ! तुम्हारी गुनहगार मैं हूं... इसके साथ दगा भी मैंने ही किया है-इसे मंगवाया भी मैंने ही भाइयो, तुम्हारे ही लिए-नहीं वीरो, नहीं... अपनी एकमात्र बहिना के लिए...!"

तलवारों की झनकार में किसी ने उसका वास्ता न सुना। छह तलवारों के वार झेलती मिरजा की बाँहें भारी हो आयीं। सारे वार अब रुक नहीं पा रहे थे कभी भुजाओं से रक्त की फुहार फूट पड़ती, कभी कंधे पर चीरा पड़ जाता। साहिबां से यह सब देखा न जाता था। वह बीच में उचक-उचक पडती !

"मार जफ्फा इसे!" एक भाई ने साहिबां को जकड़कर बेबसकर दिया। मिरजा को लगती हर चोट पर साहिबां बिलख उठती। अन्ततः एक गहरा घाव मिरजा की छाती पर हुआ। वह गिर पड़ा- उसकी तलवार भी हाथ से छूट गई। एकदम साहिबां में मानो सिंहनी का जोर आ गया, भाई के आलिंगन में से वह मिरजा के सामने जा खड़ी हुई। उसने उसकी तलवार हाथ में पकड़ ली।

"अब न मेरे समीप आना अब मैं साहिबां नहीं, पागल हूं! तुमने मिरजा को मार दिया--दो पलों का अब वह मेहमान है। उसके साथ किए विश्वासघात की मुझे क्षमा मांग लेने दो!"

इस गम और इस निडरता के सामने कौन न ठिठक जाता ! वे दूर परे चले गये।

साहिबां ने मिरजा के रक्त-सने बाल माथे से हटाये। चुन्नी के साथ आंखों से रक्त पोंछा, माथा चूमा।

"हाँ, साहिबां!"

"मिरजा!"

"मुझे क्षमा कर दोगे?"

"किस बात की क्षमा ! मैंने जीवन का पूरा मूल्य पा लिया है--एक फरिश्ते को छू लिया है।"

"मैंने तुझे कुछ भी नहीं दिया- केवल मौत ही दी!"

"नहीं, तूने मुझे अमर बना दिया!"

"क्या मिरजा, तुम एक पल और आंखें खोले रह सकते हो?"

"यह बन्द होती जा रही हैं, किन्तु यदि तुम चाहती हो तो खुली रहेंगी--यदि मेरा हाथ तुम अपने हाथ में थामे रखो।"

साहिबां ने उसका हाथ चूम लिया।

"मैं बलिहारी, मि.! मैं चाहती हूं तुम देख लो, मैंने तुम्हारे साथ नहीं,

अपने भाग्य के साथ बेवफाई की है। भाग्य तुम्हारी नहीं, डोगर फिरोज की मौत लेकर आया था, मैंने उसे बचा लिया व अपने अद्वितीय प्रेम की कहानी की पूर्णाहुति दे दी। यह न समझना कि मुझे भाई तुम्हारे से अधिक प्यारे थे, कंवल अपनी खुशी से अधिक दूसरों की खुशी अधिक वाहने की मेरी आदत तेरी कातिल बन गई। हाँ, मैं तेरी हूं-तुम से मुझे कोई अलग नहीं कर सकता...!"

साहिबां उठकर मिरजा की खुली आंखों के सामने जा खड़ी हुई। उसके हाथ में मिरजा की तलवार थी। दस्ते को चूमकर उसने वह अपने पेट में भोंक ली और गिरती-गिरती मिरजा की बगल में लेट गई।

"बचपन में मैंने तेरी कमर में बाँह डाली थी, अन्त समय मैं तेरी बहादुर छाती के आसपास बांह...!"

मिरजा की आंखें मिच गईं, होंठों पर अभी श्वास शेष थे।

"सा..हि..बां..!"

"हाँ... मि...र.. जा!"

❐

5. कैस की लैली

सचमुच रात्रि का मोती था बसरे के सरदार की इकलौती बेटी--लैली। दिन में उसकी छवि देखी भी नहीं जा सकती थी। अनोखी जवानी की स्वागती में उठ-उठकर धक-धक करते कुंआरे सीने को बुरकों की एकान्त में मौन व अदृष्ट रखने का यत्न किया जाता था।

किन्तु रात्रि में तारों की ओस की भाँति झरती लौ अथवा चांद की चम-चम करती चांदनी में कभी वह अपने बगीचे की कली-कली के दिल के साथ अपना दिल धड़कते हुए सुनती थी व कभी अपनी दासियों से अपनी इस धड़कन की हुंगारें भरवाती थी।

उसकी एक दासी ने हाल ही में प्यार पाया था व उसमें संगीत का एक स्त्रेत प्रस्फुटित हुआ था। उसने रबाब पर अपने प्रेम मिलन को थरथराया। प्रेमियों के स्रोत का गीत सुनाया जहाँ प्रेमी चांदनी में मिलते व आने वाले सुयोगों की कामनायें करते हैं।

"कहाँ है यह स्रोत सुन्दरी?" लैली ने आह भरकर पूछा।

"जहाँ तेरे बगीचे की सीमा समाप्त होती है। सुन्दरता की साम्रज्ञी! वहीं से प्रेम का जंगल प्रारंभ होता है। थोड़ी-सी सीमा पर खुला स्थान है, यह स्रोत है। इस स्रोत के झरने में एक लय है जिसका हृदय प्यार ने यूँ ही परिपूरित कर लिया जिस प्रकार चन्द्र धरती की छाती पर आच्छादित हो जाता है, उसे स्रोत की लय में से कोई प्यार का संदेश सुनाई पड़ता है।"

"किन्तु सुन्दरी, क्या इसके पास अद्वितीय प्यार के लिए भी कोई संदेश है?" लैली ने अपनी छाती पर हाथ रखकर पूछा।

"सच पूछो तो दुनिया के भुलावे हैं। प्रेम स्त्रेत के लिए कोई अनोखी बात नहीं। केवल हाड़-रचा प्यार ही हो !" दासी ने भीगे प्यार की सन्तुष्टि के साथ कहा।

किन्तु लैली ने न कभी प्रेम-स्रोत ही देखा, न अपने प्रियतम का दिल कभी टोहा ही था। यमन के सरदार का पुत्र कैस एक बार उसके पिता की किसी दावत में आया था।

"कैसा चेहरा था उसका ?" वह सोचा करती थी- "कैसी थी उसकी आंखों की दृष्टि ! ज्यों दोनों आंखों से दो भुजायें किरणों की भांति लंबी होती हुई मेरी कमर के आस-पास लिपट जाती हों-वे...वे... वे.." उसके मीठे विचार धुंधला जाते--"किन्तु वह तो यमन के सरदार का पुत्र है जिसके परिवार की हमारे परिवार से पुश्तैनी दुश्मनी है--कभी उससे मिलने की आशा भी मैं नहीं कर सकती।" उसके दिल में से कुछ बुदबुदाया- "क्या पता वह मुझे मिलना चाहे भी अथवा नहीं ?"

कई युवराज प्यार-भरे लैली का हाथ मांगने आते, किन्तु पिता लैली को बेध्यान-सा देखकर कह देता--"लैली अभी बच्ची है, जरा बड़ी हो लेने दो!"

किन्तु लैली को बेध्यानी बचपन नहीं था। आत्मसंचित एकात्मता का सांझापन था। उसने दो कबूतरियां पाली हुई थीं- बहुत प्यारी... मोती रंगी कबूतरियों का जोड़ा... उनके प्यार-किल्लोलों में वह अपने अनहोने प्यार की रास रचती देखती रहती व अपने मन को धोखा देती रहती।

कभी चंदा की चांदनी में वह एक कबूतरी को खिड़की में से उड़ा देती। पार के वृक्ष की शिखा पर कबूतरी जा बैठती, कुहू कुहू करती अपने साथी को बुलाती कि वह भी उसके साथ लटकती बबूल पर झूलता हुआ इस नशीली चांदनी में गुटर गू करे, किन्तु साथी उसका लैला की छाती के साथ आलिंगनबद्ध रहता--उसके पंखों में उसका छोटा दिल फड़फ्फड़ाता व ऊपर-टहनी पर बैठी साथिन की रुघटें विरह की हिचकी बन जातीं व उसकी कुहुक लैली को अपने अनबहे अश्रुओं के साथ भीगी अनुभव होती।

उसके अपने हाथों में एक स्फूर्ति-सी दमकती व श्वेत परों को चुम्बन देकर खिड़की में से हाथ बढ़ाकर वह बिछुड़न की आत्मा को मिलाप के आकाश में उड़ा देती थी। उसकी छाती में से एक उसांस निकलकर पंखों की फड़फड़ाहट में मिल जाता, 'यदि मेरे पास भी तेरे-जैसे पंख होते!'

वृक्ष पर से मिली-जुली कू-कू में चुम्बन की चटकार लैला को सुनाई देती, वह भी अपने हाथ होंठों पर रख लेती। जितनी देर उसकी 'घुग्गियां'

प्यार में सराबोर होकर उसके कंधों पर वापस न आ बैठती, उतनी देर वह अपने अरमानों की कहानी उनसे सुनती रहती !

किन्तु उसका यह विचार बिलकुल गलत था कि खानदानी दुश्मनी का कैस को भी कोई ख्याल होगा। जितना इसका यह विचार गलत था उतना ही सही उसका यह अनुमान था कि कैस की आंखों की नजर दो कोमल भुजाओं की भांति फासले चीरकर उससे लिपट जाती थी। वह उसके समीप नहीं गई थी, कई अन्य शहजादों के साथ घूमते उसने उसे देखा था। जब वे सब शिकार खेलने व अपने-अपने कारनामों की बहस में व्यस्त होते. उस समय लैला को लगता था कि उनसे आंख बचाकर इतनी दूरी से भी भुजाओं जैसी दृष्टि वह कहीं भी दीखती लैला की ओर पसरा देता था। कैसी भेद-भरी थी उसकी दृष्टि ! इस किरणों जैसी निगाह वाला व्यक्ति उसकी दुनिया में पहले कभी नहीं आया था।

फिर इस दृष्टि से प्यार का कोई मोती, भले ही वह रात में चमकने वाला ही हो, कैसे छिपा रह सकता था! कैस ने जैद को अपने अरमान बता दिये थे। जैद भले ही उसका सेवक था किन्तु आशिक कहां किसी को अपना नौकर समझते हैं। दिल का कोई दयालु ही उनका सगा होता है व जैद सहृदयों में भी अत्यधिक सहृदय था। उससे कैस ने सलाह पूछी- "यदि बसरे के सरदार के पास चला जाऊं व पारिवारिक दुश्मनी की संजोई गुथली उसके चरणों पर रखकर कहूं कि मुझे भी लैला की भांति अपना ही बच्चा बना लें?"

"पर मेरे दिल-आराम शहजादे, रुतबे में भले ही वह हमारे यमन के सरदार से बहुत छोटा है किन्तु जिद में बहुत बड़ा है। मुझे डर है, वह तुम्हारा पूरा आदर नहीं करेगा।"

"फिर जैद, मुझे बताओ वह 'घुग्गियों' वाली कहानी!" कैस ने ठण्डी आह भरी-क्या ठीक है कि लैला प्रत्येक रात्रि को एक घुग्गी उड़ाती ही होगी?"

"किसे नहीं इस कहानी का ज्ञान-उसके महलों के समीप बस रही जवानी सारी कू-कू करने लग पड़ी है।"

"फिर जा तू, एक रात उस वृक्ष में जाकर छिप जा व उस प्यार कूकू को मेरे पास पकड़ ला... पकड़ सकेगा?" कैस की आंखों में मानो कोई

आशा चमकी थी।

"मैं क्या नहीं कर सकता अपने कैस के लिए? आपके पास आने से पहले जंगल ही मेरा घर था, वनपाखी ही मेरा प्यार थे।"

दूसरी रात लैला की घुग्गी एक बार ही कू-कू करके चुप हो गई। लैला ने बहुत कानों का आभास किया। कमर झुका-झुकाकर हर ओर देखा किन्तु कोई किसी प्रकार की भी आवाज परले वृक्ष से नहीं आ रही थी। हारकर उसने छाती लगी घुग्गी को उड़ा दिया कि वह अपने साथी को ढूंढ लाये, पर उसकी कूक भी थक-हारकर विलाप-पूरित हो गई। वह वियोगिनी बनी पुनः लैला के कंधे पर आ बैठी। लैला ने छोटे-से पक्षी को छाती से लगाकर प्यार किया किन्तु धैर्य दोनों में से किसी को भी न आया, न पक्षी को और न इस स्त्री को, तो भी दोनों को एक ही पीड़ा-पंक्ति में आबद्ध होने का साहस था।

घुग्गी का वियोग लैला का अपना वियोग बन गया... परले वृक्ष पर घुग्गियों का मिलन उसके अपने प्यार का प्रतीक था। दुआयें पढ़ी गई- 'लैला की घुग्गी का हे भगवान, उसके साथी से मेल करवा दे!'

दुआ स्वीकृत हुई... अगली रात उसी वृक्ष पर से प्रीति-कूक की पवन पुनः छलछला उठी। लैला ने उतावली होकर पुनः खिड़की खोली व वियोगिनी घुग्गी की चोंच होंठों से लगाकर उसे उड़ा दिया। चांद की सो रही चांदनी मचल उठी जब वियोग की उसांसें संयोग की क्यारी में मुस्कराने लगीं। जोड़ा अपनी प्रतीक्षारत मलका की खिड़की में आ फड़फड़ाया, बारी-बारी से दोनों को लैला ने अपनी छाती से लगाया।

वह क्या था ? घुग्गी के पैरों से बंधा हुआ ? शमां के प्रकाश में उसने उसे खोला। एक पत्र था... कैस... समुद्र की छाती कभी यूं नहीं छलकी होगी...

"तेरे दिल जैसी श्वेत घुग्गी... तेरे अच्छे दिल का एक टुकड़ा लाकर मुझे दे गई है! इससे तू भी सुन लेना, मेरे दिल का दर्द जब यह कूकेगी तेरे महलों के समीप के वृक्ष के ऊपर से ! उसकी उसांसों में मेरी उसासें मिली होंगी व उनके मिलन में मेरी आशायें, आज रात मैं तेरी प्रतीक्षा करूँगा ! मेरी रानी, मुरादों के स्रोतों पर आना व मिलना, जैसे मिली हैं।

"तेरी घुग्गियां !"

लैला ने प्यार-भीगे पक्षियों को उनके घर में रख दिया व स्वयं बुरका

पहन लिया। यही रात थी... सोच में डूब गई, जाय या न जाय... स्रोत का मार्ग उसे आता नहीं था, उसकी सेविका ने कुछ-कुछ समझाया था व एक बार पहले कभी लैला की उत्सुकता उस अकेली को उस ओर ले भी गई थी। अपने बाग की हद उसने पार कर ली थी किन्तु स्रोत की सीमा में घुसते ही उसे विचार आया थाः वह मुराद कौन-सी मांगेगी! उसे ज्ञात नहीं था, कैस उसे चाहता भी है या नहीं? न चाहते हुए प्रियतम का दिल मुराद की भांति मांगना उसके साथ पक्का करना है... पहले अपने प्रियतम का दिल तो जीत लूं... और वह लौट आयी थी।

आज दिल जीत लेने का पता लग गया था... उसके प्यार ने यह मार्ग लेश मात्र भी भूलने न दिया। वृक्षों की टहनियों के नीचे अंधेरों व प्रकाश की धूप-छाँह लांघती वह स्त्रेत के समीप जा पहुंची। धरती की छाती में से कोई निर्मल-सा ताल उठ रहा था।

एक वृक्ष की किरणों से भरपूर परछाईं में वह खड़ी हो गई। उसमें प्रथम मिलन का चाव कुंआरी छाती का रोम-रोम लहका रहा था।

"कहाँ होगा मेरी घुग्गी व मेरे मन का चोर!" लैला ने दूर-दूर तक देखा। कोई सामने से स्रोत के समीप आ पहुंचा। उसने भी हर ओर देखा और मानो उसने लैला का अबोला प्रश्न सुन लिया हो। वह लैला की ओर ही चल पड़ा, पल-मात्र की प्रतीक्षा भी असह्य हो गई। लैला परछाई से बाहर निकल आयी। वे आंखें उसने पहचान ली थीं जिन जैसी आंखें संसार में किसी अन्य को नहीं मिल पायी थीं-जिनकी आंखों में भुजाओं जैसा आलिंगन था।

दोनों को ही आभास तक न हुआ कि दोनों के मध्य की दूरी कैसे स्वयंमेव ही समाप्त हो गयी व कैसे दो अनछुई, अपरिचित आत्मायें स्वयं से भी दूसरे से अधिक परिचित हो गईं।

रात्रि के मोती पर सपनों का राजकुमार मुस्कराया व कैस के प्यार के प्रदर्शन का हुंकारा भरने के लिए सदा से शान्त व गम्भीर बह रहा स्रोत एक क्षण के लिए छलछलाया। दोनों ने दिल आपस में बदल लिये... आत्माएं एक-दूसरे में गड्ड-मड्ड हो गईं। यह भेद उनका स्रोत की छाती में समाया व स्रोत के ताल में छिपा कई प्रेमियों ने पढ़ा-सुना है।

कई बार कैस व लैला इस स्रोत पर मिले- एक बार भाग्य की टेढ़ी

चाल की वादी से अनजाने वे अपने राजसी भाग्य को एक किनारे रख जंगलों के स्वतंत्र भाग्य का सामना कर रहे थे।

"यदि तू लैला, विशुद्ध प्यार की दुनिया में रहना स्वीकार कर ले?"

"मेरे कैस की जो भी दुनिया होगी, वह मुझे स्वीकार होगी।"

"चल. छोड लैला, येह ईर्ष्या व बदले की भावना वाली दुनिया। चल, सामने वाले रेगिस्तान की असीमता की दुनिया में खो जायें। वहाँ मैं तेरे लिए झोंपडी बनाऊंगा। जो चाहेगी, ढूंढ लाऊंगा। हमारे जैसे ही हमारे पड़ोसी होंगे। अवकाश के क्षणों में हम तेरी घुग्गियों जैसा रास रचायेंगे। तू प्रभात की भांति मुस्कराना, मैं स्वतंत्र किरणों का मुकुट तेरे मस्तक पर पहनाऊंगा..."

"कैस, मैं तैयार हूं। मुझे ले चल अपने साथ, कहीं कोई और मुझे धकेलता न ले जाये!"

"फिर और क्यों प्रतीक्षा करें। चल, अभी चल पड़ें... लैला !"

"नहीं, कैस! कल। आज रात मैं अपनी घुग्गियों से विदाई मांग लूं।"

"अच्छा--जैसा तुम चाहो। कल इसी समय, इसी जगह मैं तेरी प्रतीक्षा करूँगा।"

लैला ने महल में आकर सो रही घुग्गियों को चूमा व थकी आत्मा नींद की ओस में लुढ़क गई। इस कोख ने भी कैसा झूला झुलाया... झूले झूल रही की रेगिस्तान में झोंपड़ी बन गई-लदा-फदा कैस उसे आता हुआ दीख पड़ा। सारे काम छोड़ वह द्वार की ओर भागी-कैसा अलौकिक स्वर्ग उसने उसके चेहरे पर देखा। कंधे से बोझा नीचे फेंककर, कैस ने लैला की कमर के आस-पास भुजायें लपेट लीं...

नींद खुल गई। खिड़की में से देखा, चाँद आकाश में था, पर्याप्त रात्रि बाकी थी। उसकी फिर आंख लग गई... उसने अपनी झोंपड़ी पोंछी, साफ की, कैस के कपड़े धोये, उसके लिए पानी गर्म किया, चूल्हे में अग्नि नाच रही थी, उसकी ताल में लैला के होंठों में कोई गीत आ थिरका... नहीं-नहीं अभी प्रभात नहीं हुआ और कपड़ा लपेटकर वह पुनः सो गई... कैस अपने कुदाल-कुल्हाड़े से मिट्टी फाड़ रहा था.. तश्तरी में से धुआं उठता-और लैला कुछ ला रही थी... कैसी सुगंध ! लैला यह तुम्हारी है या तुम्हारे पकवान की!" लैला के होंठों में से मुस्कान झड़ी। नीचे कैस ने अपने दिल का सागर रख दिया। सागर के किनारे लैला के होंठों के स्पर्श पाने की देर थी कि लैला

का शरीर काँप उठा... नींद खुल गई। फिर प्रयत्न करने पर भी नींद नहीं आयी। दिन चढ़ आया-सपने दूर नीचे उतर गये थे।

रात को जब वह स्त्रेत की ओर गई थी, उसने अपने पीछे पत्ते खड़कते सुने व एक-दो बार पलटकर उसने पीछे भी देखा 'हवा होगी!' उसने सोचा था किन्तु पवन की बजाय यह कोई व्यक्ति था--राजकुमार इथन का सेवक। राजकुमार इथन लैला का कई बार हाथ उसके पिता से मांग चुका था। पिता कहता था "लैला जवान हो ले !" किन्तु राजकुमार इथन को शंका हो रही थी कि लैला का दिल कहीं छला गया है।

राजकुमार इथन के सेवक ने कैस व लैला की बातें आ सुनाई। राजकुमार इथन ने यह बातें लैला के पिता को बता दी थीं। पिता बहुत आश्चर्य में भर उठा किन्तु लैला उनके दिल का टुकड़ा थी। ईर्ष्या की अग्नि में झुलसे उसके अभिमान पर लैला किसी अलौकिक स्रोत की बौछार थी। लैला को वह कुछ कह न सका। केवल दोपहर से भी पहले महलों से रवाना होकर अपने पहाडी मौज-मकान में जा रहने की आज्ञा सुना दी।

सारे दिन की प्रतीक्षा के बाद रात का चन्द्र उग आया, स्रोत की श्वेत आत्मा को कैस अपने दिल का हर भाग दिखाकर अपने चयन के लिए स्वीकृति मांग रहा था--"शिकार खेलने के अतिरिक्त भले ही मैंने कोई कार्य नहीं किया किन्तु मेरा दिल कहता है कि लैला जब मेरी झोंपड़ी में हो, मेरे काम की ओर देख रही हो, मैं तोड़कर तकदीरें नई-नई घड़ सकूं, नगरों को गुलशन बना दूं व लैला की आत्मा में तारों-भरा कोई आकाश लहरा दूं।"

उस समय लैला उससे बहुत दूर, पहाड़ों में घिरे आकाश के अनदीखे तारे आंखों की दृष्टि के साथ टटोल रही थी।

कैस प्रत्येक आहट पर आंखें बिछा देता केवल पवन ही पत्तों के साथ अठखेलियां खेल रही थी।

"वह नहीं आयी! आह-इतिहास में से एक बेमिसाल तामीर का नक्श मिट गया..." एक बड़ी ठण्डी आह दिल से निकली।

"यदि इतने पक्के वचनों के बाद भी वह नहीं आयी फिर वह कभी भी नहीं आयेगी..."

सूर्य की पहली किरण के साथ कैस की आशा की ओस-बिन्दू भी सूख गई। उसके मुँह से चीख निकली" हाय लैला !" सारा जंगल गूंज उठा।

'लैला--लैला !' चीखता हुआ कैस जंगल में गुम हो गया।

जैद अपने राजकुमार को ढूंढने चल पड़ा। खोज कोई कठिन नहीं थी--पत्ता-पत्ता कैस की कहानी सुना रहा था। कैस को खोजकर जैद अपने घर लौटा लाया। वैद्य-हकीमों ने कहा- "कुछ भी तो नहीं, इश्क की शिद्दत जुनून बन गई है।" परायों ने उसे 'मजनूं' कहना शुरू कर दिया।

पर जब जैद ने खोज करके पता ला दिया कि उस रात लैला क्यों नहीं आ पायी थी व किस प्रकार उसके वियोग में वह घुल रही है, तो कैस का जुनून एकदम ठीक हो गया।

पिता को कैस बहुत प्यारा था व प्रत्येक का ही वह मनचाहा था। पर्याप्त काल से उस जैसा निश्छल व स्नेही किसी ने कोई देखा नहीं था। पिता ने निश्चय कर लिया कि वह कैस पर से अपनी हेठी कुरबान कर देगा. बसरा के सरदार के समक्ष जाकर वह उससे लैला मांग लेगा। बसरा उसके राज्य से कहीं छोटा रजवाड़ा था। दोस्ती के हाथों उसने सोचा, वह पुश्तैनी बैर की दीवारों को ध्वस्त कर देगा।

उसकी प्रजा का भी यही विचार था कि चलकर समीप आये यमन के सरदार के सामने बसरा का सरदार दुश्मनी भूल जायेगा।

किन्तु बसरा के सरदार ने यमन के सरदार को बेइज्जत करने का एक अवसर ढूंढ निकाला। औपचारिक स्वागत के पश्चात् उसकी मांग का उत्तर बसरा के सरदार ने यूँ दियाः "आपका प्रस्ताव मेरे सिर-माथे... किन्तु मैंने सुना है कैस मजनू हो गया है। उसका इलाज पहले करवा लो, भले ही मेरी लैला जवान है--तो भी मैं प्रतीक्षा कर लूँगा!"

यमन के सरदार का दिल बड़ा दुखा। रह-रहकर उसका हाथ तलवार पर जाता था कि उसी पल वह अपने अपमान का निर्णय कर ले किन्तु कैस का विचार उसका हाथ वापस लौटा देता था।

वह घर पहुंचा--पता लगा कि कैस को खबर लग चुकी थी, वह लड़ाई के खतरे के विरुद्ध दुआ मांगने के लिए मक्का चला गया था।

पिता भी उसके पीछे गया। रास्ते में उसने अपने मित्र अधिकारियों से सलाह की। उन्होंने भी बसरा के सरदार की हिमाकत की निन्दा की... एक शाह नौढाल ने जिम्मा लिया कि वह बसरा के सरदार को जाकर समझाएगा।

शाह नौढाल का कहना भी बसरा के सरदार ने न माना। नौढाल ने

धमकी दी। जिद चढ़े बसरा के सरदार ने ललकार स्वीकार कर ली। शहजादा इथन ने एक हजार सिपाही मदद के लिए भेजे, किन्तु मांगे हुए सिपाहियों ने जौहर क्या दिखाना था, एक दिन में ही बसरा की सेना भाग खड़ी हुई।

यमन का सरदार व शाह नौढाल उसे पुनः समझाने आये, "दो परिवारों में बढ़ रही खाई पर लैला पुल बन सकती है। दुश्मनी से भीगी तलवार फेंककर हम दोस्ती में तेरा हाथ पकड़ने के चाहवान हैं। हाँ कर, बसरा के अच्छे सरदार ! लोग भी बच जायेंगे व दो खानदानों की गहराती शाम पर नया चमचमाता सूर्य जगमगाने लगेगा।"

किन्तु दुश्मनी का जहर बसरा के सरदार के रक्त के कण-कण में रच चुका था। उसने कड़ककर कहा, "मैं हार गया हूं ठीक... किन्तु लैला को आप भी जिता नहीं पायेंगे। मेरे मुँह से निकले एक शब्द मात्र से लैला की जान निकाल दी जायेगी। जीवित लैला आप मेरे सामने से ले जा नहीं पायेंगे !"

शाह नौढाल और यमन के सरदार विचारों में डूब गये। एक दिन की मोहलत उन्होंने और दीष्कल इसी समय हम पुनः आयेंगे। यदि तुम कोई समझदारी का निर्णय न कर पाये तो केवल एक ही शर्त पर तुम लैला को अपने पास रख पाओगे वह शर्त यह है कि तुम्हें हमारा आश्रयत्व स्वीकार करना होगा।"

बसरा के सरदार ने राजकुमार इथन के साथ विचार किया। राजकुमार इथन भी लैला को छोड़ना नहीं चाहता था। उसके पास तीन हजार और सिपाही भी थे। उसकी सहायता के इकरार ने बसरा के सरदार का साहस बंधाया, "बसरा आश्रय स्वीकार नहीं करेगा, न लैला ही देगा। यदि पराजित हुआ तो लैला की आपको लाश ही मिल सकेगी।"

यह उत्तर सुनकर शाह नौढाल व यमन का सरदार क्रोध में भड़क उठे। लौटने ही लगे थे कि हांफते हुए घोड़े से उतरकर एक सवार ने सूचना दी कि कैस अमुक स्थान पर एक वृक्ष के साथ सिर फोड़कर मरा पड़ा है।

सुनकर यमन का सरदार गश खाकर गिर पड़ा। शाह नौढ़ाल ने संभाला व ललकारकर कहा--"ओ कैस के कातिल ! तुझे बदला देना पड़ेगा।"

कई सैनिक शहजादे इथन ने जंगलों में कैस को ढूँढूंढकर कत्ल करने

के लिए भेजे हुए थे किन्तु इस समय यह सूचना कल की लड़ाई से यमन के सरदार का दिल तोड़ने के लिए उसकी यह साजिश थी। उसकी चाल सफल भी हुई। लैला को जीतने का सवाल उड़ गया व कैस की मृत्यु की सूचना ने कोई आशा शेष न रहने दी। यमन के लड़ाकों का उत्साह भी कम हो गया था।

लड़ाई हो रही थी। दोनों सेनाओं की तलवारों के मध्य लैला का दिल घायल हो रहा था। कैस की ओर का हर सैनिक भी उसे अपना ही प्रतीत होता था व अपने पिता की पराजय उसे अपने पिता व अपने दोनों की मौत दीख रही थी।

यमन के सरदार को कैस की मौत का गम डुबा रहा था। राजकुमार इथन को उसकी साजिश की कामयाबी उभार रही थी। राजकुमार इथन का पक्ष मजबूत होता गया। यमन का सरदार मारा गया। शाह नौढाल ने अपनी तलवार से अपना सिर काट डाला।

बसरा के सरदार को भी घाव बहुत गहरे लगे।

दूसरे दिन राज्यों का हुलिया ही बदल गया था। समूचे साम्राज्य पर राजकुमार इथन का राज्य घोषित हो गया था क्योंकि बसरा का सरदार भी जीवित नहीं रह पाया था... और न पिता व न कैस की कोई आशा होने के कारण लैला ने अपने लोगों के जोर देने पर विवाह करना स्वीकार कर लिया वह भी राजकुमार इथन के साथ।

कैस की आशा व उम्मीदों का पौधा जड़ से उजड़ जाने के कारण वह देश छोड़कर कहीं दूर चला गया। जैद ने लैला के महलों में नौकरी कर ली। मलका के लिए वह कैस की निशानी थी, किन्तु जैद का विश्वास था कि कैस मरा नहीं वह केवल यह जानना चाहता था कि लैला को अपना कैस याद है या नहीं। किन्तु लैला का इश्क वह जंगली अग्नि था जो एक सिरे लगी, दूसरे सिरे तक सब कुछ सड़ाकर स्वाह किये बिना बुझ नहीं सकती।

जैद अपने कैस की टोह लेता रहा। वर्ष-भर के अन्दर ही उसे वह लैला के नगर में वेश बदलकर ले आया। लैला को पता लगने पर-- खुश होने की अपेक्षा वह अत्यधिक दुःखी हुई। एक बार तो छाती पर हाथ मारकर उसने कहा--

"ओ बदनसीब लैला-कैस तेरा जिंदा है और तू...?"

कैस ने सन्देश भेजा था कि रात को लैला प्रेमियों के स्रोत पर आये। सारा दिन वह उन दिनों की याद करती रही जब उसके कुँआरे सीने में कोई समुद्र गठें मारता, घुग्गियां किलोलें करतीं, दिल का चोर उसकी घुग्गियां चुरा लाता किन्तु उसके दिल की जगह अपना दिल घुग्गी के पंखों में छिपाकर मोड़ जाता "ओह ! चाँदनी आंखों के नीचे प्रेमियों के स्रोत पर!"

लैला बुरका पहने महलों में से निकल प्रेम-लीला के क्षेत्र में सीधी चली जा रही थी--अपने बाग की हद पर पहुंचते ही ज्यों किसी ने उसे रोक लिया, यह क्या था? एकदम जोर से दिल धड़कने लगा।

"मैं लैला तो रही नहीं लोगों की मलका बन गई हूं...!"

छाती में पीड़ा लहक उठी, वह वृक्ष के नीचे बैठ गई। वृक्ष की परछाई हल्की-हल्की पवन-झकोरों के साथ सरक रही थी। लैला को लगा वह उसे कुछ समझा रही है। दूसरी ही घड़ी परछाईं उसकी दरजों का रूप धारण करके खड़ी हो रही--"लोग कहेंगे उनकी मलका बेवफा निकली। लोगों की गैरत जख्मी हो जायेगी--मलका का अखलाक मानो है ही नहीं!"

छाती की पीड़ा हटकर एक खालीपन-सा बन गई। उसकी आंखों के सामने अंधेरा छा गया। घूमकर देखा उसके महल अपनी मलका को ताड़ रहे थे।

वह लौट आयी--कैस सारी रात प्रतीक्षा करता रहा।

लैला ने जैद को कहा कि वह आशिकों के सरदार को लैला के प्रेम की कहानी सुनाकर क्षमा-याचना कर आये।

कैस ने उत्तर भेजा--"तुम ठीक हो लैला, गलत मैं ही था जिसने तुझे इन गिनतियों में उलझा दिया।"

और कैस फिर दूर-इस बार बहुत ही दूर चला गया।

लैला अपने मलका के कर्तव्य निभाती ही रही किन्तु राजकुमार इथन का सिर शासन व राज्य की विशालता ने फिरा दिया। वह बहुत एय्याश हो गया। कई रोग उसे लग गये। दो-तीन वर्षों में ही उसका फौलादी शरीर सिक्के की भाँति भारी हो गया। न बदले की, न ईर्ष्या की प्रेरणा ही रही, न स्त्री के जीते दिल का स्वर्ग उसे मिला था-अनचाहा जीवन ये ही समाप्त हो गया। लैला विधवा हो गई।

कैस को जैद ने सूचना पहुंचा दी। घटाटोप बादलों में से कोई किरण

अचानक मुस्कराई। वह एक सौदागर के वेश में लैला के नगर में लौट आया किन्तु जैद को उसने सख्त हिदायत कर दी "देखो मेरी लैला को किसी दुविधा में न डालना। उसके शोक के अभी साढे चार महीने बाकी हैं। मेरे यहाँ होने की भनक भी उस तक न पहुंच पाये।"

लैला के शहर में छिपा कैस एक-एक महीने की एक-एक घड़ी गिनता रहा--किन्तु लैला के रस्मी शोक की एक बड़ी भी कम करने की उजलत उसके मन में न आयी। प्रतिदिन वह जैद से उसका हाल पूछा करता था।

लैला अपने लोगों को लेशमात्र भी निराशा नहीं प्रकट करना चाहती थी--"कितनी उजलत की लैला ने, उनकी मलका ने" लोग कहेंगे।

अन्ततः शोक का अन्तिम दिन भी अस्त हो गया। नई प्रभात वेला में लोग दुकानें सजा रहे थे। महलों में भी सखियों ने कपड़े बदल लिये। केशों में फूल टाँक लिये। लैला को भी सेविका ने आज काला रेशम नहीं पहनाया था। चमेली मोतिया लिबास पर उसके चेहरे का रूप निखरा पड़ रहा था। सारा दिन वह अपनी खिड़की में बैठी रही। घुग्गियां उसने कभी की उड़ा दी थीं। उनके नित्य नये इश्क पर वह अपने शोक की परछाईं नहीं डालना चाहती थी।

किन्तु बार-बार उसकी आंखें उस वृक्ष की ओर मुड़ जातीं जिस पर से वह अपने दिल की हूक घुग्गियों की कूक में सुना करती थी--उसे उस रात का स्मरण हो आया जब कैस के बुलावे पर वह प्रेमियों वाले स्रोत पर जाती हुई अधरास्ते में से ही लौट आयी थी-"तब कैस, मैं स्वतंत्र नहीं थी।" मानो कैस को अपनी मजबूरी समझा रही हो। उसने अपने बदले हुए कपड़ों की ओर देखा। शोक की छमाही बीत चुकी थी। आह ! आह... सिर से पैरों तक वह काँप उठती थी।

उसी समय सेविका ने जैद द्वारा आया एक पत्र मलका को पेश किया। पढ़ कर मलका ने पत्र छाती से लगा लिया। जैद ने जवाब मंगवाया, किन्तु लैला से कोई उत्तर न मिल पाया।

तब भी कैस प्रेमियों के स्रोत पर जा पहुंचा, इस स्त्रेत को वह अपना 'कावा' मानता था। उसके दिल में आशा थी, विश्वास था, प्रतीक्षा की शिद्दत जुनून की हालत बन चुकी थी। पर आह! वह चौंक उठा 'वह कौन? मेरी दुनिया--मेरी लैला!' उसने दौड़कर लैला को अपनी बाहों में दबोच लिया।

निष्फलता का कोई पक्का जमा स्तर उसके दिमाग में घुस गया। कहाँ हजारों प्राणों का बलिदान उसे लैला न दिलवा सका, प्यारा पिता व प्यारा देश भी लैला का मूल्य न आंक सके। और आज लैला स्वतंत्र है- कर्तव्यों से भी सुर्ख। सभी फर्ज उसने अच्छी तरह निभा लिये, लैला अब कैस की है, विशुद्ध उसी की। इस चेहरे को कैस ने अपने हाथों में लिया-आंखों में झाँका--सिवा कैस के इनमें किसी अन्य का अक्स उसे न दीख पड़ा। प्यार की शिद्दत ने लैला की आंखें मींच दीं। उसे फिर खोलने पर अपना अक्स उनमें देखने के लिए कैस ने थिरकते होंठों से उन्हें प्यार किया।

कोई स्वर्ग था इस स्पर्श में। इस स्वर्ग से पल मात्र को भी बिछुड़ना कैस बर्दाश्त नहीं कर सकता था... इस स्वर्ग को उसने अपनी आत्मा में उतार लेने का निश्चय कर लिया और जब कैस के होंठ खुले, उनमें से लैला की सदा उठती गई--शांत न हुई। लैला हैरान हुई देखती रही।

इश्क की शिदत ने कैस को पक्का मजनूं बना दिया था। आयु-भर का वियोग जो न कर सकता था, होंठों के एक क्षण ने कर दिया था। लैला को वहाँ ही छोड़ कर, हर पेड़-पौधे में वह लैला को देखता, आलिंगनबद्ध होता, लैला की सदायें देता हुआ जंगलों में खो गया।

भाग्यों से रीती हो लैला महल में लौट आयी। पति का शोक उसके सिर का शोक था जिसकी कोई सीमा भी थी, कैस के जुनून का शोक उसके दिल का शोक था जो निस्सीम था।

जंगलों में पहरे लगा दिये गये। समूचे जंगल पूज्य हो गये। सारे देश में फरमान जारी हो गया--

"कोई पत्थर से ना मारो मेरे दीवाने को!"

जैद परछाई की भाँति कैस के साथ-साथ रहा। एक अच्छी घड़ी जैद ने मालिक को लैला के समीप जाने के लिए कहा। कैस हँस पड़ा- "तूने भी मुझे मजनूं ही समझा। मैं भला लैला से अलग कब हुआ हूं? अपने से अलग न हो पाये इसी कारण लैला को मैंने अपने तन-मन में रचा लिया है--मेरी लैला !" और 'लैला-लैला' की सदा से जंगल गूंज उठा।

लैला के अंदर उसकी जीवन-ज्योति जाग उठी। गालों का रंग बिरह नहीं छीन सका, न वियोग ही सफल हो पाया। शोकपूरित जीवन को कोई आशा स्तम्भबनकर सम्भाले रखे हुए थी वह स्तम्भ टूट चुका थागाल पीले

पड़ गये थे। अंग-प्रत्यंग में कोई उत्साह शेष नहीं रह गया था। अनचाहे अंग बेजान प्रतीत होने लगे। इन खण्डहरों को इश्क की आत्मा छोडने के लिए उतावली होने लगी।

एक सुबह कैस के अन्तिम पत्र को अपने सामने रखकर लैला लेट गई व जैद को बुलाकर उसने कहा, "मेरी कब्र वहाँ बनाना जहाँ कैस को मैं पहली बार मिली थी और फिर कैस को कहना मेरी कब्र पर ये और सामने आकाश की ओर देखे, वहाँ मैं उसकी प्रतीक्षा करती होऊंगी।"

जिन आंखों में कैस के अतिरिक्त और कोई समाया नहीं था वे मिच गई थीं।

मजनूँ को जैद ने लैला का सन्देशा दे दिया। मजनूँ फिर कैस बन गया। लैला की सदा होंठों पर अटक गई, लैला का वियोग आंखों से अड़ पड़ा--"जैद--अच्छे, भले और प्यारे जैद-मुझे ले चल, लैला की कब्र तक पहुंचा दे!"

उसके पैर फासला जल्दी पूरा नहीं कर पा रहे थे। जैद दौड़ता नहीं था। वह कैस को भी रोक-रोक रख रहा था। जैद डरता था, कमजोर हुए कैस के शरीर के लिए यह धक्का कहीं कहर न बन जाये !

प्रेमियों के स्रोत का मार्ग कैस की आंखों में चमक उठा। जैद का हाथ छुड़ाकर वह दौड़ पड़ा, इतने जोर से कि जैद उसका पीछा न कर सका।

कैस ने नयी बनी कब्र को चूमा, कब्र के परे आकाश की ओर देखा--जैसा कि लैला ने कहा था। उसे लगा कि वह उसकी प्रतीक्षा कर रही है।

"लैला- लैला,'' वह चीख उठा "छिपा ले हुस्न अपना जब तक मैं नहीं आता--कोई इसे देखे ना- मैं आया..." दौड़कर उसके समीप पहुंचने के लिए उसने एक छलांग लगाई किन्तु आगे बढ़ने की बजाय वह कब्र के सिर वाले पत्थर से टकराकर गिर पड़ा।

जब जैद उसके समीप पहुंचा कैस लैला के पास पहुंच चुका था। ❐

6. रूपमती–बाजबहादुर

शुजातखां शेरशाह की विजयी सेनाओं का अधिपति था। विजय से प्रसन्न होकर शेरशाह ने शुजातखां को मालवा का शासक बना दिया था। इसी शुजातखाँ का पुत्र वायजीद बाजबहादुर के नाम से प्रसिद्ध हुआ।

मालवा में सुन्दर नगर है सारंगपुर। अपने पिता से बाज को वह जागीर में मिला था। उसी नगर में जदुराय नामक एक ब्राह्मण रहता था। बाजबहादुर से उसने मित्रता स्थापित की। एक दिन जदुराय ने बाज के सम्मान में बड़ी दावत दी। वहाँ सौन्दर्य की प्रतिमा रूपमती को देखकर वह अभिभूत हो गया। उसका मन अस्त-व्यस्त हो गया। शुजातखाँ को जब बाजबहादुर की मनोदशा का आभास मिला तो उसने उसे राजधानी में बुला भेजा और चाहा कि वह इस पागलपन को छोड़ दे।

उस चन्द्रमुखी के रात के समान काले रेशमी बाल धरती चूम रहे थे। उनमें पागलपन उत्पन्न करने की क्षमता थी। मन को बाँधने की रस्सी भी उन्हें कहा जा सकता था।

उसके नेत्र मृगी-से थे। उसका सिर लैला के तम्बू या काबा के गुम्बज की तरह था जिस पर कि सौंदर्य के राजा ने नीलवर्णी लीली के फूल सजा दिये हों। गंगा अथवा घने काले बादलों में चमकती बिजली की तरह मांग। कपाल हीरे का चिकना भाग अथवा चाँदी की पट्टी जैसा। चिन्ता की रेखायें जो कभी उस पर परेशानी में उभरती, मोतियों की लड़ी अथवा चीनी कला के वैचित्र्य-जैसी भासित होतीं।

भौहें इन्द्रधनुष अथवा मृग के सीगों जैसी पैनी। अथवा जैसे द्वितीया के चाँद या दो तलवारों के ऊपर दो खंजर हों।

चाँदी के दो कटोरों में बन्द परियों की तरह नेत्र जो कमल के भीतर की चमक जैसे आकर्षक अथवा जो जीवन के झरने की लहरें हों। पलकें उन

चिकने पत्तों की भाँति जो शराब को समेटने के लिए जोड़े गये हों।

नासिका इक्वेटर की रेखा, गाल बिना धुंए की आग या सुबह की लाली या युद्ध के लाल नक्षत्रें सदृश थे।

ओष्ठ ओस की लहरें या हीरों की कतारों की तरह, मुँह अर्द्धविकसित काली के वित्र की भाँति। उसे मधुमाया की भूमिका या कल्पना का आरंभ कह सकते है। दांत चाँदी की उन्मुक्त धुली सुबह जैसे।

कुल मिलाकर चेहरा मानो सौन्दर्य की किताब का आमुख था। कलाइयों के आभूषण ज्यों चन्दन की टालों पर चढ़े हुए सर्प, वक्ष कपूर के फव्वारों से उठे हुए दो बुलबुले या दो प्रकाश स्तम्भ अथवा शुद्ध जल में स्थित दो टापू ... रूपमती पन्द्रह वर्ष की थी।

बाजबहादुर ने अपने एक साथी से यह भी जाना कि रूपमती सुन्दर होने के साथ मधुरभाषी, गायिका और बुद्धिमान ही नहीं अपितु कवयित्री भी है। बाज के हृदय में रूप के प्रति प्रेम की अग्नि प्रज्वलित हो उठी। किन्तु शुजातखाँ ने कहा--"जैसे भी हो इन दोनों के प्रणय में बाधा डाली जाये और इस विपत्ति को सही तरीकों से दूर किया जाये!"

बाज ने आहें भरी और प्रेम में पागल होकर अनेक तरह की बातें कहीं।

इस अवसर पर उसे उपदेश दिये गये। निराशा और प्रेम-पीड़ा में उसने सारंगपुर को ही अपना निवास-स्थान बनाया। पिता का डर फिर भी बना ही रहा।

छः महीने बीत गये। शुजातखाँ की मृत्यु हो गई। बाजबहादुर मालवा का सुलतान बना। माण्डू आकर उसने सबसे पहले जदुराय को बुलाकर बहुत-सी जागीर प्रदान की। सारंगपुर भी उसे दे दिया गया और इसके बदले में रूपमती को अपने रनिवास में मांग लिया। जदुराय भी यही चाहता था। इस आयोजन को पूर्ण करते समय किसी प्रकार की वैवाहिक प्रथा का पालन नहीं किया गया। रूपमती ने माण्डू में प्रवेश किया। वह प्रेमिका के रूप में आयी, पर उसे पत्नी का पद भी वहीं मिला।

रूपमती कवितायें किया करती थी। कलाकार होकर ही उसने कला-प्रेमी सुलतान का हृदय जीत लिया था। उसकी बहमखी योग्यता से बाज इतना प्रभावित हो गया कि शासन की बागडोर रूपमती के इशारों पर चलने लगी।

मंत्रियों ने यह अच्छी तरह समझ लिया कि अब पठानों का अर्जित प्रभाव खत्म होने लगा है और माण्डू की सत्ता में उन्नति सम्भव नहीं है।

रूपमती के जादू में बाजबहादुर का बंध जाना पटरानी खलाजानी को सा नहीं हुआ। वह जलने लगी। ठीक इसी समय देश में राजकीय परिवर्तन होने लगे।

बीच अब व्यवधान आने लगे। एक दिन जब दोनों एकान्त में आनन्द कर रहे थे यह थी रूपमती के प्रेम की आरम्भिक कहानी। दोनों की प्रणय-लीला के तब मुगल दरबार में भेजे गये दूत को रास्ते में शेर ने खा लिया।

स्वयं रूपमती पर्दे के बाहर आकर बाज को समझाने लगी कि वह विलास और अकबर की विजय के समाचार जब माण्डू पहुंचे, तब अफगान घबराये। गदिरा को छोडकर राल्तनत को मजबूत बनाने की कोशिश करे। जब दरबार चल रहा था तब मुकुट पहनाते हुए पहनाने वाले के हाथ कांप गये। परिणामस्वरूप ताज जमीन पर गिर पड़ा।

एक बार बाजबहादुर के समक्ष एक लडकी गा रही थी। उसके गीत का भाव था कि युधिष्ठिर जो कभी ठाट-बाट से रहता था, उसे अन्त में कितना कष्ट उठाना पड़ा। बाज ने उसे रोक दिया और रूपमती को बुलवाया। रूपमती ने भी निराश और वियोग का पद गाया और भावावेश में रो पड़ी। उसकी मनोव्यथा सबको प्रभावित कर गई। बाज स्वयं भी रोने लगा और जलसा खत्म हो गया।

समय बीतने लगा।

मुगलों की सेनायें आदमखां के नेतृत्व में मालवा की ओर बढ़ने लगीं। बाजबहादुर विलास, आनन्द और सत्ता के भेद को जान न पाया।

वह सुबह दरबार किया करता था। इसके पश्चात् वह हरम में चला जाता। भोजन के पश्चात् नृत्य और संगीत का रस लेता। फिर दरबारी हास-परिहास के लिए आ जाते। दोपहर को वह आराम करता और पुनः राज-काज में व्यस्त हो जाता। समय-समय पर वह सेनाओं की देख-रेख करता। रातें अधिकांश में विलासमयी होतीं। फिर भी शुजातखां के समय से कई काम यथावत् चल रहे थे। इतना होते हुए भी बाज ने सल्तनत की नींव मजबूत करने के लिए उत्साह नहीं दिखाया। उसके सहज स्वभाव के

परिणामस्वरूप दरबारी भ्रष्ट हो गए। यह नहीं कि बाज युद्ध-निपुण नहीं था, उसमें अपने पिता के अनेक गुण विद्यमान थे। मुल्ला पीर मोहम्मद और नासिरुल्मुल्क को उसने अपने शौर्य का तेज दिखाकर सिद्ध कर दिया था कि कठिन परिस्थितियों में वह कमजोर साबित नहीं होता है।

आदमखां तूफान की तरह आया। इसलिए तुरंत व्यवस्था किये जाने की गुंजाइश न थी। उसने जैसे-तैसे अपने लोग एकत्रित किये और आदमखां से मुकाबला किया। मालवा की सुन्दर धरती वीरान हो गई। मुगलों ने पहला हमला बहादुरखान के नेतृत्व में किया जिसमें पठानों की जीत रही। इस अपमान का बदला लेने के लिए अकबर ने आदमखां, पीर मोहम्मद और नासिरुल्मुल्क को मालवा जीतने के लिए भेजा। आदमखां अकबर की धाय का लड़का था। धाय जानती थी कि ज्यों ही बेरमखां का प्रभाव घटेगा, वह अपने पुत्र को आगे कर देगी। उसका राजमहल में बड़ा प्रभाव था। मुल्ला पीर बख्श सिरवन का रहने वाला था। बैरम खां के कारण ही वह ऊंचे ओहदे पर पहुंचा था।

बाजबहादुर की सेनाओं ने सारंगपुर में मुगलों से मुकघबला किया। यह पहली लडाई थी जिसमें बाज ने अपनी तलवार का उपयोग किया किन्तु उसकी सेनायें ठहर न सकीं। मुगलों के हाथ में अपार सम्पत्ति आयी। सैनिकों ने मनमानी की।

आदमखां मांडू पहुंचा। बाजबहादुर की विपुल सम्पदा का वह स्वामी बन गया। उसे गर्व की अनुभूति हुई। उसकी दृष्टि रनिवास की ओर गई और उसने जहाज महल की रानी रूपमती को समर्पण की आज्ञा दी।

रूपमती ने आदमखां को समझाया। उसे बदले में धमकियां दी गईं। रूपमती ने न आत्मसमर्पण किया, न किसी प्रकार की दयनीयता ही दिखाई। उसने निश्चय किया कि वह किसी प्रकार मांडू से निकल भागेगी। मालिन का वेश बनाकर एक दिन वह मांडू की सीमाओं से दूर जा पहुंची। तीन दिन व्यतीत हो गये। आदम खां रूपमती को न पाकर बेहद क्रुद्ध हुआ। उसने तुरंत चुने घुड़सवारों को रूपमती को खोज के लिए भेजा।

हजारों मुसीबतें झेलती-उठाती रूपमती सारंगपुर की तरफ चल पड़ी। सारंगपुर से जब वह बीस मील दूर थी कि आदमखां के आदमी आ पहुंचे। उन्हें पता चला कि एक स्त्री गाँव में आकर रुकी है और अपने भाइयों को

रक्षा के लिए बुला रही है। इस समय तक रूप के पिता की मृत्यु हो चुकी थी। उसकी मां ने अपने देवर से विवाह कर लिया था। रूपमती के भाइयों से घुड़सवार उलझ गये। छोटी-सी लड़ाई के पश्चात् वे मारे गये।

इस प्रकार रूपमती पुनः लुटेरों के हाथ में आ गई। मांडू लाकर उसे कड़े पहरे में रखा गया। रूपमती के लिए अब भाग पाना असम्भव था। अन्त में निराश होकर उसने आदमखां को तीन दिन के पश्चात मिलने का संदेश भेजा। आदम खां बहुत प्रसन्न हुआ। उसने अनुमान लगाया कि रूपमती का दुःख दूर हो गया है।

रूपमती ने फिर भी उसे समझाने की चेष्टा की। किन्तु सभी प्रयत्न व्यर्थ सिद्ध हुए।

दो रातें बीत गयीं। आदमखां को विश्वास था कि अब उसकी इच्छायें पूर्ण हो जायेंगी। उसने एक बड़ा जलसा करने की आज्ञा दी। उसके सलाहकारों ने उसे समझाया भी कि इस कार्य का ढिंढोरा पीटना उचित नहीं। पर वह जानता था कि अकबर और उसके बीच दूध का संबंध है। इसलिए बिना किसी भय के वह मनमानी करता गया।

उसने आज्ञा दी शुजातखां का महल सजाया जाये और अमीरों और मनसबदारों को दावत के लिए आगंत्रित किया जाये, रात को विरागा किया जाये ताकि दिन की तरह रात चमचमा उठे।

रात जगमगा गई। गीत और नृत्य का समा बंधा। बाजबहादुर के दरबारी गायक बुलाये गये। प्रत्येक अपनी-अपनी कला में प्रवीण था। आदमखां ने उन्हें बाज के खजाने की दौलत दी। शराब की प्यालियां खनकीं। रायचन्द्र को आनंद का तराना छेड़ने की आज्ञा दी गई, क्योंकि यह बाज के दरबार का मुख्य गायक था।

आसमान का रंग बदलने लगा। फिर भी चारों ओर शांति थी। उस समय केवल गायकों के दर्द-भरे नगमों, रबाब के तारों की आवाजों और तबलों की कोमल थापों की ध्वनि फैल रही थी। सुननेवालों के दिल में संजीदगी पैदा हुई। गीत मालवा की बोली में चल रहे थे। उनका आशय था कि ओ मानव, तू कब तक अपने साथियों पर आपत्ति ढहायेगा। अर्जुन और भोज जैसे शक्तिशाली योद्धा नहीं रहे, तब तेरा गर्व करना व्यर्थ है। अन्तिम दिनों के लिए सचेत हो जा।

इन गीतों का अर्थ कोई भी समझ नहीं पा रहा था। सेनाओं के अधिकारी धुनों से प्रभावित हुए। पर गीतों के समाप्त होते ही किसी ने आदमखां को उनका आशय समझा दिया। उसने रायचन्द को धमकाया और जलसे का अन्त भय के एक विचित्र वातावरण में हुआ।

रूपमती ने अब आशायें छोड़ दीं। रनिवास की सभी स्त्रियां नये सुल्तान को प्रसन्न करने में अपना गौरव समझने लगीं। पुराने को छोड़कर नये को अपनाने में उन्हें कोई आपत्ति न थी। दूसरी बार पकड़े जाने पर रूपमती ने निराश होकर स्वीकृति दे दी थी। अन्य स्त्रियां भी यही चाहती थीं कि रूपमती आदमखां की हो जाये ताकि उन्हें अपनी पूर्व परम्परा बनाये रखने में सुविधा हो। इसीलिए उसकी स्वीकृति के उपलक्ष्य में जलसा हुआ।

रूममती ने स्नान किया और अपनी बांदियों को वे ही वस्त्र लाने की आज्ञा दी जो मधुयामा के दिन उसने पहने थे। श्रृंगार करने के पश्चात् वीणा लेकर वह बहुत देर तक बजाती रही। जब थक गई तो भावाकुल स्थिति में शयन कक्ष में पहुंची और हीरे का चूरा खाकर सो गई।

आदमखा समय की प्रतीक्षा में था। इच्छाओं से पगा हुआ। वासनोन्मत्त अवस्था में वह रूपमती के द्वार पर पहुंचा। परिचारिकाओं को चले जाने का संकेत किया। फिर धीरे-धीरे वह पर्यंक तक पहुंचा। उसने रूपमती को सोया हुआ जानकर उसका हाथ पकड़कर जगाना चाहा। देखा तो उसका शरीर निष्प्राण था।

उसे झटका लगा। उसने चीखकर लौंडियों और दासियों को बुलाया। सबने उससे रात की घटना का जिक्र किया। कोई नहीं बता सका कि रूपमती किस प्रकार मरी। आदमखां को इस समय कुछ नहीं सूझ रहा था, एक खूबसूरत बांदी का हाथ पकड़कर वह वहाँ से चला गया।

सुबह हो चुकी थी। रूपमती इस संसार से विदा हो गई। एक विश्वस्त पत्नी की भाँति वह अपहृत होने से पूर्व ही संसार को छोड़ गई थी।

❒

7. कुञ्जुआ–चञ्चलो

चञ्चलो गरीब घर की बेटी थी तथा कुञ्जू एक जमींदार का बेटा था। दोनों में अतीव स्नेह था। जब कुञ्जू के धनी-मानी परिवार को दोनों का स्नेह अखरा तो कुञ्जू को सेना में भरती होना पड़ा। किन्तु कुञ्जू का हृदय सदा ही चञ्चलो के स्नेह से पगा रहता। चञ्चलो के निर्धन मां-बाप को कुञ्जू के धनी मां-बाप ने उसका बिवाह शीघ्र ही कर देने के लिए अनुरोध किया। शीघ्र ही चञ्चलो का विवाह किसी अन्य से कर दिया गया। बेचारी असहाय चञ्चलो क्या करती, वह अबला जो थी। कुञ्जू अवकाश पाकर वापस चम्बा में पहुंचा। उसे ज्ञात हुआ किं चञ्चलो का विवाह हो गया है। अब उसका अधिकार अपहृत हो चुका था। वह असहाय था। बेचारा क्या करता। चञ्चलो का लाल चूड़ा उसकी आंखों में अखर रहा था। अन्ततः वह चञ्चलो को अपनी स्मृति-स्वरूप एक अंगूठी देकर पुनः सेना में चला जाता है और फिर कभी भी वापस नहीं आता--

कुञ्जू : कपड़े धोआं छम-छम रेआं चञ्चलो मुख बोल जवानी हो !
हाय बो मेरिये जिन्दे मुख बोल जवानी हो!

चञ्चलो : मेरे कने हथ मत लान्दा कुञ्जूआ !
बिच गजरा निशानी हो !
हाय बो मेरिये जिन्दे बिच गजरा निशानी हो !

कुञ्जू : तेरे पिच्छे होया बदनाम चञ्चलो !
कि जो बणदी बगानी हो !
हाय बो मेरिये जिन्दे कि जो बणदी बगानी हो।

चञ्चलो : राती बो बराती मत इन्दा कुञ्जूआ!
बैरिये भरियां बन्दूकां हो!

कुञ्जू : मेरी तेरी प्रीत पुराणी चञ्चलो !

तू तां कदर न जाणी हो !
हाय बो मेरिये जिन्दे तू तां कदर न जाणी हो !

चञ्चलो : मेरी बाहीं लाल चूड़ा कुञ्जुआ !
अग्गे गजरा निशानी हो !
हाय बो मरिये जिन्दे अग्गे गजरा निशानी हो।

कुञ्जू : लोक तां गलां दे काली-काली चञ्चलो।
तू तां मरुवे दी डाली हो !
हाय बो मेरिये जिन्दे तू तां मरुवे दी डाली हो।

चञ्चलो : तू तां चल्या परदेश कुन्जुआ!
मिंजो देई जा निशानी हो !
हाय बो मेरिये जिन्दे मिंजो देई जा निशानी हो!

कुञ्जू : पंज बो रुपये तिन्नो नाम चञ्चलो !
अंगूठी दिन्दा निशानी हो!

चञ्चलो : मेरा बो चेता नीं भुलाया कुञ्जूआ,
मिंजो करी लैणा चेत्ते हो।
हाय बो मेरिये जिन्दे मिंजो करी लैणा चेते हो।

कुञ्जू : यतां रहीं नितां दी याद चञ्चलो!
भावे मरिये जाहन्गा हो
हाय बो मेरिये जिन्दे भावे मरिये जाहन्गा हो!

चञ्चलो : नित दी होइयां सलामां कुंजुआ
शिवजी करला रखवाली हो!
हाय बो मेरिये जिन्दे शिवजी करला रखवाली हो!

हिन्दी अनुवाद

कुञ्जू : चञ्चलो, तू कपड़े धो रही है और ये भी रही है।
तेरा यौवन तुझे अवाक् क्यों रखे है, तू बोलती क्यों नहीं है?
हां मेरे प्राणों के आधार, तू मुख से कुछ तो बोल !

चञ्चलो : कुञ्जू, तू मुझे हाथ से स्पर्श न करना। यह देख मेरे हाथ का गजरा साक्षी है-हा मेरे प्राण! मेरे हाथों का गजरा साक्षी है कि मैं अब किसी अन्य की परिणीता हो चुकी हूं !

कुञ्जू : चञ्चलो, मैं तेरे कारण बदनाम हो गया है-तू पराई क्योंकर हो

सकती है--तू तो सदैव मेरी ही बनी रहेगी।
हां मेरे प्राणों की प्रतीक, तू बेगानी क्योंकर हो गई?

चञ्चलो : (स्नेह पुनः उमड़ पड़ा) कुजुआ, तुम रात्रि में आधी रात के पश्चात् मेरे पास आना तुम्हारे शत्रु तुम्हें बंदूक से मार डालेंगे। उनके पास भरी हुई बन्दूकें हैं।

कुञ्जू : चञ्चलो, मेरी-तेरी पुरानी प्रीति है-पर तूने चञ्चलो, मेरी कदर न जानी। हा मेरे प्राणों की प्राण, तूने मेरी कदर नहीं की।

चञ्चलो : कुजुआ, मेरे हाथों में लाल चूड़ा है और यह गजरा इस बात का संकेत कर रहा है कि मेरा विवाह हो चुका है-हा मेरे प्राण, यह गजरा संकेत कर रहा है कि मैं अब किसी अन्य का परिणीता होकर पराई हो चुकी हूं।

कुञ्जू : चञ्चलो, लोग तो मुझे काली कटकर कुरूप बताते हैं। किन्तु तू क्या मरुवे की डाली की भाँति नाजुक है। हा मेरे प्राणों की श्वास, तू तो मरुवे की डाली है।

चञ्चलो : कुजुआ, अब तू परदेश जा रहा है। मुझे अपनी स्मृति-स्वरूप कोई निशानी दे जा। हा मेरे प्राण, कोई तो निशानी दे जा !

कुञ्जू : चञ्चलो, यह पांच रुपये ले, तीसरा मेरा नाम और दूसरी निशानी यह मेरी अंगूठी ले, और इन्हें ही निशानी समझ !

चञ्चलो : प्रिय कुञ्जू, तू मेरी याद न भूल जाना-मुझे यदा-कदा स्मरण कर लिया करना--हा मेरे प्राण, मुझे भुला न देना।

कुञ्जू : चञ्चलो, तू तो मेरे श्वासों में बसी हुई है, मैं तुझे सदैव याद करता रहूंगा। भला मैं मर भी जाऊं चञ्चलो, तुझे सदैव याद करता ही रहूँगा, मेरे प्राणों की आधार, तुझे मैं कभी भी विस्मृत नहीं करूँगा--भले ही मर ही क्यों न जाऊं?

चञ्चलो : कुञ्जूआ, मेरा अंतिम प्रणाम स्वीकार करो। शिवजी मेरी रखवाली करेंगे। हां मेरे प्राणों के आधार, शिवजी मेरी अवश्य ही रखवाली करेंगे !

❐

८. फुलमू-राँझू

राज एक सम्पन्न परिवार का लड़का था तथा फुलमू गडरियों की पुत्री थी। बालपन में दोनों साथ-साथ खेले-कूदे और युवावस्था की दहलीज पर सवार हुए थे। राझ का पिता अपने पुत्र का विवाह निर्धन फुलमू से क्योंकर कर सकता था। यह उसके सम्मान का प्रश्न था। उसने दोनों के प्यार को ठुकराकर राझ का विवाह एक सम्पन्न परिवार में करने का निश्चय किया। दोनों का मिलन अब सम्भव न था। प्रस्तुत गीत नारी के प्रेम के प्रति बलिदान होने का शाश्वत प्रमाण है--

राँझू : बाडुये सुगाडुये तू कजो झाँकदी, झरवा कजो मारदी दो हथ
बुटणे दे लायां फुलभू-गल्लां होई बीतियां।

फुलमू : बुटणा लवाण तेरी ताई चाचियां राँझू सकी भाभियां
जिन्हाँ दे मनाविच चाओ राँझू गल्लाँ होई बीत्तियां
कुनी ब्राह्मणे तेरा ब्याह लिखिया रांझू बियाहलिखियां
कुनी कीति कुड़माई राँझू गल्ला होई बीत्तियां।

राँझू : कुले दे परोहते मेरा बियाह लिखिया फुलमू बियाह लिखियां।
बापू कती कुड़माई फुलमै गल्ला होई बीतियां।

लोककवि : बाहरे-बाहरे राँझू दी जानी चली, भाइयो डोला चल्या।
बाहरे-बाहरे फुलमूदी लाश चली गल्ला होई बीतियां !

राँझू : रखो तो कहारो मेरी पालकियां, रखो पालकियां
फुलमू जो दाग लगाणा जानी, गल्ला होई बीतियां।

लोककवि : बोयें हत्थे राँझू चिता जे चिणी, राँझू चिता
जे चिणी देहणे हत्थे लाया लाम्बू भाइयो, गल्ला होई बीतियां।

फुलमू : दोस्ती नीं लाणी फुलमू कच्चेयां कने जानी कुँवारियां कने।
व्याही करीं हुन्दे बेईमानी सेईओ, गल्ला होई बीतियां।

हिन्दी अनुवाद

राँझू : फुलमू प्रिय, तू अपने खेत की बागड़ में से क्यों झाँक रही है,

बार बार दष्टिक्षेप क्यों करती है-तू आ और मेरे शरीर पर जो उबटन मला जा रहा है उसके दो हाथ तू भी लगा जा। पिछली बातों को भुला दे!

फुलमू : प्यारे राश, तू उबटन लगवा अपनी चाचियों-ताइयों से, भाभियों से जिनके मन में तेरे विवाह का चाव है, तू कह रहा है, अब पिछली बातों को भुला दूं।

प्यारे राँझू, तेरा विवाह किस निष्ठर ब्राह्मण ने निश्चित किया है, प्यारे राँझू, तेरी सगाई किसने की है, मैं विगत क्योंकर भुला दूं।

राँझू : मेरे कुल के पुरोहित ने मेरा विवाह निश्चित करवाया है। हाँ, फूलमू उसी ने विवाह भी निश्चित किया है।

और फुलमू, मेरे पिता ने सगाई की है, जो बीत गया, उसे भुला दे।

लोककवि : गाँव के बाहर-बाहर जब राजू की बारात चली, डोले में बैठ राँझू चला।

उसी गाँव के बाहर वाले मार्ग से फुलमू की लाश भी जा रही थी। (फुलमू विष-पान कर चुकी थी) जो बीत गई सो बात गई।

राँझू : ए डोली को उठाने वाले कहारो! मेरी डोली यहीं रख दो, मेरी पालकी यहीं रख दो!

मैं फुलमू को दाग देकर ही आगे जाऊंगा, जो बीत गई, सो बात गई।

लोककवि : राँझू ने अपने बाएं हाथ से फूलमू की चिता सजाई।

राँझू ने अपने दाहिने हाथ से उस चिता में अग्नि दाग दी, जो बीत गई सो बात गई।

फुलमू की चिता : (अग्नि की लपटें कहने लगीं) राजू जैसे कच्चे व्यक्तियों से लड़कियों को प्यार नहीं करना चाहिए कुँआरे लड़कों की प्रीति झूठी होती है। ऐसे लोग विवाह के समय बेईमानी कर जाते हैं, दगा दे जाते हैं।

❐

9. सोहना–जैनी

जिला गुजरात पंजाब के चक अब्दुल्ला गाँव में इस गाँव का अधिपति अब्दुल्ला रहता था। अब्दुल्ला अत्यंत ही नम्र एवं दयालु स्वभाव का व्यक्ति था। उसे किसी प्रकार की भी कमी नहीं थी। अच्छा खाता-पीता जमींदार था। किन्तु एक दुख उसे घन की तरह खाये जा रहा था। उसके कोई भी सन्तान न थी। वह रह-रहकर आहें भरता था। सदैव ही उसे यह दुःख लगा रहता कि उसकी मृत्यु के पश्चात् उसके परिवार का नाम क्योंकर चलेगा। उसने सन्तान प्राप्ति के लिए विभिन्न दान-पुण्य किये। दरगाहों पर सिजदे किये, मिन्नतें की, मुरादें मांगी, पीरों-फकीरों की अतीव सेवा की किन्तु उसे निराशा ही पल्ले पड़ी। उसकी पत्नी तथा वह सदैव इसी चिन्ता में रहते कि परिवार का नाम कैसे चलेगा।

अन्ततः उनकी प्रार्थना स्वीकार हुई। न जाने किसी पीर-फकीर अथवा औलिया की असीस थी अथवा किसी दरगाह का वरदान था कि उसके घर तीन पुत्रों ने जन्म लिया। इस सब भाइयों में सोहना सबसे छोटा था। उसका सौन्दर्य देखते ही बनता था।

“आखिर इक दिन जा मसजद विच सिर सजदे विच धरदा।
करे दुआई आ रब्ब साई, मैं संग तेरे दर दा।
देह फरजन्द कोई हुण रब्बा, वेखाँ चार दिहाड़े,
पई कबूल दुआ दरगाहे, वर्हियां रहमत बाएँ।

बेटे तिन्न होये घर उसदे, खुशियां करे हजारों, महम्मद वड्डा, अहमद छोट्टा, इस थीं छोटा सोहणा।

तीजे थाँ छूटेरा सोहणा । सोहणा सब थी सोहणा।”

--खाहश अली

सुन्दर सोहना शनैः शनैः युवा होने लगा। उसके सौन्दर्य की तो सब पर धाक थी ही उसका शरीर भी गठीला था। उसके शरीर का रंग लाल, चेहरा कश्मीरी सेब की भाति चमकता था। उसे शिकार का बहुत चाव था। जब देखो वह शिकार खेलने के लिए निकल जाता था। उसके तीर-कमान बहुत साथ देते। उसका निशाना भी अचूक था। एक दिन वह शिकार खेलने गाँव के बाहर जंगल की ओर जा रहा था तो उसे प्यास लगी। पानी पीने के लिए वह गाँव के पनघट के समीप जा पहुंचा। पनघट के समीप ही सपेरे आकर ठहरे हुए थे। ये सपेरे जोगी थी। खानाबदोश जोगियों का डेरा गाँव के समीप ही देख उसे आश्चर्य हुआ। वह जब पनघट पर पहुंचा तो वहां उन जोगियों के डेरे के नम्बरदार समरनाथ की सुन्दर कन्या जैनी तथा उसकी सहेली चन्दा पानी भर रही थीं। जैनी का सौन्दर्य देख सोहना मोहित हो गया। उसका मक्खन की भाँति कोमल एवं नरम शरीर सोहना को भा गया। सोहना उसी पलकों के तीर, भौहों की कमान मोती-से सुन्दर जड़ाऊं दाँत एवं मुख पर काली रेशमी अलकों का अंधकार तथा मुखाकृति का अद्वितीय तेज देख प्रकृति की इस कलाकृति को देखता ही रह गया। वह सोच रहा था कि अंधकार एवं प्रकाश तो कभी एक साथ मिलते ही नहीं, फिर जैनी को यह प्राकृतिक देन क्योंकर प्राप्त हुई ?

"सोहणी सूरत बदनदी प्यारी, ज्यों मक्खण का पेड़ा,
चश्म उभाड़ तक्के उस सिसवल, उड़ने वाला केहड़ा।
पलकां तीर लग्गण विच सीन्ने, अबरू सखत कमानां,
इक नजर थी घायल होवण, लक्ख करोड़ों जान्नां।
पतले होंठ ते सुर्ख बधेरे, दन्द सफेद उजाले,
लाल बदखशा मोती सुच्चे, कट्टे रक्खन खाले।
जुल्फों रात अंधेरी वांगू ते मुख रोज उजाला,
दिन ते रात इकट्ठे कीत्ते, कुदरत रब्बा ताअला।"

-- *जलाल*

सोहना जैनी के प्रेम में पागल हो गया था। उसका सौन्दर्य उसे डस गया था। उसे अब हर ओर जैनी ही दिखाई पड़ रही थी। उस दिन वह शिकार न खेल सका। वह स्वयं जैनी के सौन्दर्य से घायल होकर लौट आया। उसे अब जैनी के बिना चैन नहीं आ रही थी। वह शीघ्रातिशीघ्र जैनी

को प्राप्त कर लेना चाहता था। उसका सामीप्य चाहता था। उसके स्नेह का प्रतिदान चाहता था। परन्तु जैनी-अल्हड़ जैनी इस स्नेह से अपरिचित थी। उसने सोहना को देखा भी न था। उसे भला क्या मालूम कि कोई उसके सौन्दर्य से घायल हुआ उसके प्रेम में तड़प रहा है। उसे क्या मालूम था कि कोई उसके सपनों में स्वयं को डुबा बैठा है।

उसे अब एक पल भी चैन नहीं था। सारी रात वह खाट पर पड़ा करवटें बदलता रहा। तारों को गिनते-गिनते उसने रात काटी। आकाश में जैनी का सुन्दर मुख उसे चिढ़ा रहा था। वह जैनी की स्मृति में मछली की भाँति तड़प रहा था--कब प्रभात की रक्ताभ लाली छिटके और कब वह जोगियों के डेरे की ओर जाये। पनघट की पनहारिन जैनी उसकी आंखों में डूब रही थी। पक्षी चहकने लगे। अरुण अपने रथ को सँवार अंशुमाली की अगवानी को प्रस्तुत हुआ कि सोहना से खाट पर लेटना सम्भव न हुआ। वह उठा और चल पड़ा डेरे की ओर, पनघट की ओर अपने शिकार की टोह में। ज्यों ही वह पनघट पर पहुंचा तो देखता क्या है कि वहाँ न डेरा है, न डेरे का नाम-निशान। वह पनघट का सन्नाटा उसे खाये जा रहा था, मानो उस डेरे में पड़ी पिटारियों से सहस्रों सूर्य उसकी ओर लपक रहे हों। जैनी वहाँ नहीं थी-उसका दिल बैठा जा रहा था। उसे भला क्या मालूम था कि एक ही रात में उसका संसार ऐसे लुट जायेगा।

"हाय हाय इह की प्यार कज्जया, नहीं सी विच गमानें,
रातों-रातीं कूच करे सन, सोहणे यार बेगानें।
लद गये हुण रातीं जोगी, पुट-पुटा के डेरे,
पक्खीवास इक जगह ते लोग्गो रखदे नहीं बसेरे।"

--जलाल

सोहना को भला अब चैन कहाँ थी। उसका दिल बैठा जा रहा था। वह जैनी के वियोग में पागल हो चुका था। सपेरों की गाड़ियों की गंडार के सहारे सोहना 'जैनी-जैनी' चिल्लाता चल पड़ा। उषा का सूर्य झांक चुका था। दोपहर सूर्य पर मंडराने लगी थी। वह प्रत्येक राही से, जो भी उसे मार्ग में मिलता, जोगियों के विषय में पूछता। परन्तु उसे कोई भी ठीक से उत्तर न देता। मध्याह्न का सूर्य अपनी यात्रा समाप्त कर रहा था। पूर्व में यामा की कालिमा घलने को थी। सोहना चला जा रहा था। सुबह से अभी तक उसने

पानी भी नहीं पिया था। पैरों में छाले पड़कर फूट चुके थे और अब रिस रहे थे। कहीं कांटा चुभा था, कहीं कंकर, कहीं रक्त बह रहा था। तारों-भरे आकाश में सोहना को गाडी की गडार दिखना बन्द हो गई थी। पर अब वह अपने हाथों से गाडी की गडार को टोहता हुआ रंगने लगा। रंगता रहा, रंगता रहा। लगभग आधी रात को वह एक दोराहे पर पहुंच गया था। यहाँ से मार्ग दो ओर को फूटता था। वह निश्चय नहीं कर पा रहा था कि वह किस ओर को जाये। हारकर उसे वहीं ठहरना पड़ा। उषा की प्रतीक्षा में वह तल्लीन हो गया कि वह मार्ग को भलीभांति देखकर चल सके और अपनी प्रियतमा के डेरे पर पहुंच सके। प्रातः का तारा उदय हो चुका था। उषा के प्रस्फुटित होते ही उसे गाडी की गडार तथा विभिन्न पदचिह्न दिखाई दिये। उसने निश्चय कर लिया कि उसकी प्रियतमा का कारवाँ उसी ओर गया है। वह पुनः चल पड़ा। अन्ततः दो दिन पश्चात् उसे जोगियों का डेरा दीख पड़ा। यह बुल्लापुर गाँव था। जोगियों का डेरा देखते ही उसकी बांछें खिल उठीं। भूख, प्यास, थकावट--सभी वह भूल गया। जैनी ऊंचा घाघरा पहने सिर पर एक पटका लपेटे--तुमुक-तुमुक पानी भरने जा रही थी। बगल में सुराही दबाये जैनी मधुबाला-सी दीख रही थी। सोहना उसे देखता ही रह गया। वह स्वयं को पुनः विस्मृत कर चुका था। वह जैनी के उभरे उरोजों के श्वासों को गिन रहा था।

"डेरे दे विच जाके डिठ्ठा आपणे दिलबर ताईं,
काबा समझ तम्बू दिलबर दा सिजदा करे तदाईं।"

--जलाल

जोगियों का डेरा कई दिन चुल्लापुर में ही टिका रहा। सोहना दिन में डेरे की ओर कई चक्कर लगाकर आता। वह जैनी का चांद-सा मुखड़ा देख अपनी प्यास बुझाता। परन्तु अभी तक वह जैनी से एक भी बात न कर पाया था। न जैनी को ही ज्ञान था कि उसकी प्रतीक्षा कोई दीवानों की भाँति प्रतिपल करता रहता है। वह जैनी के दर्शन कर शीतलता का अनुभव करता। दिन जैनी के दर्शनों के अभाव में निकल जाते और रात्रि का ठण्डा प्रहर वह मस्जिद में बिता देता। यदि कोई दो रोटी दे देता तो खा लेता अन्यथा पानी पीकर ही सो जाता। शहद से मीठे बोल, अमृत-भरे बोल सोहना अभी तक जैनी के मुख से सन न पाया था। उसके कान जैनी के दो

प्यार-भरे बोल सुनने के लिए तड़प रहे थे। परन्तु जैनी को क्या पता था कि कोई प्रतिदिन उसके मार्ग में आंखें बिछाये रहता है और उसकी पगधूलि को छाती से लगाता है। वह तो अपने अल्हड़ यौवन में मदमाई इठलाती रहती, हिरण की भाँति कुलाचें भरती रहती।

एक दिन साहस बटोर सोहना डेरे में जा पहुंचा। डेरे के नम्बरदार एवं जैनी के पिता समरनाथ को जा प्रणाम किया तथा उसके समीप सेवक हो रहने की इच्छा प्रकट की। पर्याप्त प्रार्थनाओं के उपरान्त उसे डेरे में गधों की देखभाल करने के लिए चाकर रख लिया गया। सोहना नौकरी पाकर फूला न समाया। अब उसे विश्वास हो गया था कि किसी दिन अवश्य ही वह दिल की लगी जैनी को कह देगा। उसका प्यार फलवान होने को था। वह फूला न समा रहा था। अब उसे जैनी का सामीप्य प्रतिपल मिला पाने का पूरा-पूरा विश्वास हो गया था। वह गधों की देखभाल करने लग गया अब। उसे प्रतिदिन ही अपनी प्रियतमा जैनी के हाथों की पकी रोटी मिलने लगी--

"खोत्ते लै सवेल्ले जांदा, दीद सजन दा पाके,
दिन डुब्बे थीं पहली आवे, रोज्ज फराक बंधा।
रोट्टी यार हत्थीं सी खान्दा, पढ़दा लक्ख शुकराने,
जलाल आशक इस इश्क रंगीले कीते चौड़ घराणे।"

--जलाल

गधे चराते हुए सोहना को बारह मास बीत चुके थे। परन्तु वह अभी तक अपनी प्रीति-कथा जैनी को नहीं बता पाया था। वह साहस करता, जैनी के समीप भी जाता, परन्तु बात करते समय उससे बात ही न होती, होंठ मानो सिल जाते। वह मन-ही-मन स्वयं को कोसता हुआ लौट आता।

एक दिन जैनी जब जंगल से पानी भरकर अकेली लौट रही थी तो मार्ग में सोहना मिल गया। सोहना उसके साथ-साथ चलने लगा। इधर-उधर की बातें होती रहीं। अन्ततः उसने अपना पूरा साहस बटोरकर जैनी को कहा--

"जैनिये!"

जैनी ने उसकी ओर गर्दन घुमाकर देखा। सोहना उसकी ओर अपलक देख रहा था।

"क्या बात है. रे?"

"जैनी ! मैं तुम्हारे लिए पागल हुआ जा रहा हूं। एक वर्ष से अधिक हो गया जब तुम्हें चक अब्दुल्लाह में देखा था, तभी से मैं तुम्हारे लिए घर-बार छोड़े तड़पता फिरता है! जैनी! मुझे मेरे प्यार का प्रतिदान नहीं दोगी क्या?"

"मुँह सम्भालकर बोल! पागल तो नहीं हो गया तू ? जरा अपनी औकात तो देख तू! तेरी यह हिम्मत!" जैनी ने अपनी चाल तेज कर ली थी।

"जैनी, मैं तुम्हारे लिए गधे चरा रहा हूं। तुम्हारे लिए ही मैंने अपने मां-बाप, भाई-बहनों और सगे-संबंधियों को छोड़ा है। मैं अमीरी त्यागकर भिखारी बना हूँ-- केवल तुम्हारे दो मीठे बोल सुनने के लिए तड़प रहा हूँ।" सोहना जैनी की ओर कातर दृष्टि दे देख रहा था। जैनी तड़प उठी। उबलकर कडकी-

"हरामजादे ! तेरी यह मजाल ! तुझे लज्जा नहीं आती ऐसी बात कहते हुए। चल, जरा तू डेरे पहुंच ले। जूतियों से तेरी वह मरम्मत करवाऊंगी कि छठी का दूध याद आ जायेगा।" जैनी लंबे डग भरती चली गई।

सोहना की तपस्या अभी पूर्णता को नहीं पहुंची थी। प्रियतमा के दिल में अभी स्थान नहीं बना था। किन्तु उरो इस बात का सन्तोष भी था कि आज उसकी प्रियतमा जैनी पर उसका नेहा प्रगट तो हुआ। स्नेह प्रगट होने के बाद स्थान भी तो वह बना ही लेगा। वह पर्याप्त रात्रि तक बाहर ही घूमता-फिरता रहा। लगभग आधी रात को डरता-डरता डेरे में पहुंचा। डेरे में सभी सो चुके थे। जैनी के डेरे में प्रकाश था। वह यथा-स्थान जा सोया। प्रातः काल डरते-डरते उठा। गधों को खोलकर बाहर जाने को ही था कि जैनी की आवाज सुनाई दी।

"सोहणे! ओ सोहणे! रोटी लैजा!"

सोहना की जान में जान आयी। दिल को ढाढसा बंधा। उसकी प्रियतमा केवल ऊपरी मन से ही दिखाने के लिए क्रोधित हुई थी। उसके अंतर में सोहना के प्रति दुर्भाव नहीं है। सोहना डेरे में गया। वहाँ जैनी अकेली ही थी। जैनी ने सोहना की ओर देखा नहीं वरन् रोटी आगे बढ़ा दी। सोहना ने रोटी ली और बाहर आ गया।

कई मास पश्चात् जैनी सोहना को पुनः अकेली जंगल में मिल गई।

सोहना के धैर्य का बांध टूट चुका था। आज उसने निश्चय कर लिया था कि वह जैनी का प्यार प्राप्त करके ही दम लेगा। उसने जैनी के समक्ष अपने प्यार की झोली फैला दी। परन्तु दानी स्वयं ही भिक्षुक बन चुका था। जैनी के हृदय में सोहना के प्रति अगाध स्नेह समा गया था। उसका स्नेह उमड़ पड़ा। स्नेह प्रतीक रूप में नयनों से बह पड़ा। नेहा के मोती सोहना की गोद में टंके जा रहे थे। जैनी का गर्व स्नेह बन पिघल रहा था। सोहना जैसा भाग्यशाली आज इस संसार में कोई भी नहीं था--

"सोहणे दरदी हाल दरददा, दरदों आख सुणाया।
लै सुनै हा दरदा वाला, जैनी दे वल आया।
आह इश्क दी तीरां वांबू, जख्म कीता विच सीने।
निकली आह जैनी दे दिल थीं, रोवण नैन नगीने।
इश्क आशिक थीं, माशूकां वल आया जोर घियाणे,
चढ़े खुमार शराबों बध के, नैण होय मस्ताने।
सोहणा इश्क सोहणे दो लग्गा। जैनी कमली होई।
माण गरूर ते नखवत दिल देणी अन्दर रही न हो।"

-- *जलाल*

अब जैनी तथा सोहना प्रतिदिन ही मिलते। प्रायः आंखों-आंखों में वे सदैव ही अपनी नेह-गाथा एक-दूसरे को सुनाते। अवसर पाकर सोहना और जैनी जंगल में मिलते, कभी पनघट पर। प्रीति की कसमें, साथ निवाहने के वचन, संघर्षों की छाया में पलने के अरमान दोनों के हृदयों में आंदोलित होते। एक-दूसरे को अपने दिल की व्यथा-वेदना सुनाते और स्नेह की परवशता के प्रति आंसू बहाते-जैनी सोहना के प्रति अपने स्नेह को उंडेल चुकी थी।

मजा इश्कदा ताहीं आवे, दो तरफी अग्ग लग्गे।
कारी होके दरद इश्क दी. दोहां दिलां ते पारणे।
आपणे हत्थी रोट्टी देन्दी, जैनी सोहणे ताई।
नाले सौ-सौ खिदमत कर दी, नाल मुहब्बत चाई।

--*जलाल*

सोहना और जैनी प्रतिदिन ही मिलते। धीरे-धीरे आंखों की चर्चा लोगों पर विछ गई। डेरे में लोगों की जिह्वा पर सोहना-जैनी की गाथा प्रमुखता पा

गई। हर ओर सपेरों में सोहना-जैनी की गाथा प्रचलित थी। नम्बरदार की पुत्री जैनी की शिकायत करे कौन? बिल्ली के गले में घण्टी बाँधना कहाँ आसान है? पर किसी प्रकार सोहना-जैनी को प्रीति-गाथा उसकी मां से छिपी न रह सकी। वह उसकी आंखों से उड़ी हुई लाज ताड़ गई थी। पहले उसने जैनी को संकेतों में समझाने का यत्न किया। उसका बाहर आना-जाना प्रायः बन्द हो गया था। उज्जैनी डेरे में ही घुलती रहती, मन को बिसुरती रहती, तड़पती रहती। उसका शरीर ढलने लगा। प्रीत हड्डियों में समा चुकी थी। जब प्रीति की गहराई हाड़ों तक पहुंच जाती है तो व्याक्त का व्यक्तित्व मोम बन जाता है। मां से किसी प्रकार भी जैनी की बात छिपाई न गई। उसने नम्बरदार समरनाथ से इस बात की चर्चा की। समरनाथ पर्याप्त समझदार था, उदार था। परन्तु जब स्वयं पर ही आ गुजरती है तो व्यक्ति सामाजिकता का झूठा दम्भ ओढकर कठोर बन जाता है। जैनी को बन्दी कर दिया गया। उसे डेरे के बाहर कदम रखने की आज्ञा नहीं थी। सोहना पर भी प्रतिबंध था उसके गधे जिनकी वह रखवाली करता था, अब डेरे के बाहर बंधते थे। उसका डेरे में आने पर प्रतिबंध था। परन्तु नेहा की अग्नि प्रज्वलित हो चुकी थी। अब जैनी को सोहना से पृथक कौन कर सकता था ? परिणाम यह हुआ कि सोहना को जैनी से मिलने आना पड़ता था। प्रतिदिन रात्रि की शीतल मंद छाया में दोनों मिलते थे।

और एक रात समरनाथ ने दोनों का मिलन देख लिया। समरनाथ पर बिजली गिर चुकी थी। उसके लिए बिजली असह्य थी। उसने उसी समय सोहना को डेरे से पृथक कर दिया। सोहना ने बहुत मिन्नतें कीं। पीरों, फकीरों और औलियों की सौगन्धे उठाई, अपने सच्चे स्नेह की दुहाई दी। परन्तु समरनाथ न माना। अन्ततः सोहना को जाना ही पड़ा। किन्तु वह अपने स्नेह की प्रतीक जैनी को छोड़कर कहाँ और कैसे जा सकता था।

“ढाब किनारे सोहणा आशक सारी रात गुजारी।
दिन चढ़या तां डेरे दे वल करदा जल्द तयारी।
कोल डेरे दे आके सोहणे, डेरा खूब जमाया।
बाघ शमा परवाने ताई, सबरन दिल विच आया।

--*जलाल*

सोहना को डेरे के समीप पाकर जोगियों का क्रोध भड़क उठा। प्रातः

सारे सपेरों को इस घटना का ज्ञान हो चुका था। वे उसके प्राण लेने के लिए दौड़ पड़े। परन्तु उस डेरे के एक वृद्ध जोगी जगन्नाथ ने उन्हें रोक दिया। सोहना के पक्ष में उसने विश्वास दिलवाया। जोगी अथवा सपेरे वापस लौट पड़े। परन्तु सपेरों ने एक विश्वास उस वृद्ध जगन्नाथ से लिया कि वह सोहना को किसी वृक्ष से बाँध देगा तथा वे लोग डेरे को वहाँ से हटाकर आगे बढ़ जायेंगे। जगन्नाथ हर तरह से तैयार था।

पूनम का चांद आकाशगंगा के किनारे था जब जोगियों ने पुनः सोहना पर धावा बोल दिया। उसकी भली-भांति मरम्मत की तथा एक वृक्ष से उसे बाँध दिया। सोहना अधमुआ हो चुका था। सपेरों को विश्वास था कि उसका प्राणान्त हो चुका है। वे घुल्लापुर का डेरा उखाड़ चुके थे। सामान गाडियों में लद चुका था। गधे आगे चले गये थे। जैनी का रथ गधों की गाडियों के मध्य में था परन्तु उसमें से जैनी गायब थी। वह सोहना की खोज में वृक्ष के समीप जा पहुंची परन्तु काणा नत्थू जो स्वयं को जैनी का मंगेतर घोषित करता था, उस वृक्ष के समीप ही था। उसने तुरंत ही भाग-दौड कर सोहना को पुनः बाधा और जैनी को डरा-धमकाकर कारवाँ के साथ सम्मिलित हो गया। जैनी पुनः अपने रथ में थी।

डेरा कूच कर चुका था। सोहना वृक्ष के तने से बंधा था। रात्रि में किसी यात्री ने सोहना के बन्धन खोल दिये। वह गाडी की गडार देखता आगे बढ़ा और अन्ततः उसकी पुनः वही दशा हुई। सोहना पुनः अधमुआ कर वृक्ष से लपेट दिया गया। परन्तु विधि का विधान कि सोहना जैनी से पृथक होना जानता ही न था। जैनी आगे तो सोहना पीछे।

अन्ततः सपेरों ने उसे सांप द्वारा उसवाकर मार देने की योजना बनाई। इस योजना का आभास जैनी को चन्दा द्वारा हुआ। चन्दा बोली-

“जैनी इश्क खुदा दा आशक,
आशक इश्क खुदाई
सोडणा जैनी सदा रहिण जे,
जैनी सदा वफाई।”

--*लोकगीत*

जैनी ने चन्दा के द्वारा उसे रोटी भिजवाई जिसमें एक बूटी मिला दी थी तथा एक बूटी शरीर पर मलने के लिए भी भिजवाई। चन्दा जैनी की प्रिय

सखी थी। उसने यह कार्य बहुत सफाई से किया कि सांप भी मर जाये और लाठी भी न टूटे।

सपेरों ने सोहना पर तेलिया सर्प छोड़ा। तेलिया बल खाता, लहराता, मस्ताता आगे बढ़ा। सपेरों की बीन गूंज रही थी परन्तु सर्प सोहना के समीप जाते ही निढाल हो गया। सपेरे उद्विग्न थे कि तेलिया को हुआ क्या है? पर्याप्त मंत्र-तंत्र की सिद्धि हुई परन्तु तेलिया लाचार था। सपेरे भी परेशान ! सपेरों की एक टोली विषधर की खोज में चल पड़ी। जैनी अत्यन्त ही परेशान थी कि अब वह सोहना की जान कैसे बचा सकेगी। परन्तु सोहना अडोल, अलमस्त अपनी प्रियतमा जैनी को पुकार रहा था। उसे लेश मात्र भी भय नहीं था। उसे विश्वास था कि कोई भी नाग उसका कुछ भी नहीं बिगाड़ सकेगा क्योंकि उसने एक ऐसे विषधर का दंश सहा था जिसका काटा कभी भी नहीं बच सकता था-वह देश था प्यार का सच्चे प्यार का। उसे भली-भाँति विश्वास था कि स्नेह का विष अथवा नशा जो उस पर सवार है, वह कभी भी किसी विष द्वारा कम नहीं हो सकता। वह तो स्नेह का काटा हुआ था। भला सर्प उसे कैसे डस पाते! अन्ततः सपेरों ने एक कुलमार सर्प खोज ही निकाला। बीन पुनः बजने लगी। सर्प फन फैला चुका था। उसे मंत्र-तंत्र द्वारा कीला गया था। वह सोहना की ओर बढने लगा। बीन के स्वर मुखरित हो रहे थे। सपेरों की दशा भयंकर थी। अन्ततः सर्प बढ़ा फिर बढ़ा उसने सोहना को लपेटा दे दिया।

सोहना तो अपनी जैनी के ध्यान में मगन था। उसे पता भी न चला कि सर्प आया है अथवा उससे लिपटा है। शनै-शनै सोहना का शरीर काला होता गया। सपेरों को विश्वास हो गया कि सोहना समाप्त हो गया। वे इस घटना से प्रसन्न हो डेरे में आकर नाचने-गाने लगे। उन्होंने सोहना की मृत्यु की प्रसन्नता में भंगडा प्रारंभ कर दिया।

रात्रि दो प्रहर बीत चुकी थी। जैनी अधमुये सोहना के पास चन्दा की सहायता से जा पहुंची। सम्पूर्ण रात्रि वह विभिन्न जड़ी-बूटियां सोहना के शरीर पर मलती रही। विभिन्न बूटियां उसे खिलाई। ज्यों-ज्यों उषा की लालिमा आकाश में छाने लगी त्यो-त्यों ही विष की कालिमा कम होने लगी। लालिमा सोहना पर आती रही। सूर्य की प्रथम किरण ने सोहना को प्राण-दान दे दिया।

सोहना ने जैनी से कहा कि वह शीघ्र ही डेरे लौट जाये परन्तु जैनी बोली--

"प्रियतम! डेरा... कैसा डेरा... मैं अब डेरे नहीं जाऊंगी... तुम मेरे... मैं तुम्हारी... तुम्हारे प्राण लौट आये... मेरी प्रीति लौट आयी... मेरे प्राण ! मेरे प्रियतम ! ये निश्वर तुम्हारे प्राणों के प्यासे हैं... तुम्हें एक पल को भी त्रण न देंगे... मेरे प्राण ! मुझे ले चलो... अपने देश ले चलो... मेरे प्राण ! मुझे अपने प्राणों में समा लो ! मेरे प्राण !... मेरे सोहणे!"

दोनों जोगियों से डरते, लुकते-छिपते सोहना के गाँव अब्दुल्लापुर जा पहुंचे। सोहना के मां-बाप तथा भाई खुशी से फूले नहीं समाये। सारे गाँव ने उन्हें बधाइयां दीं तथा रीति-अनुसार सोहना-जैनी का विवाह हो गया।

"अब्दुल्ले नूं खुशियां होइयां, सोहणा खैरीं आया,
मां सोहणे दी खुशियां कर दी, मौला पुत्त मिलाया।"

❐

कँवर निहालदे-नर सुलतान

प्राचीन समय की बात है कि कीचकगढ़ नामक नगर में राजा चकवैबैन राज्य करते थे। उनके पुत्र का नाम मैनपाल था जो युवावस्था में ही स्वर्ग सिधार गया था--

"गुरु सारद को सुमर के रंगा करते ब्यान,
मैनपाल राजा भये कीचकगढ़ दरम्यान।"

-- *नैनसुखदास*

जब राजा स्वर्ग सिधारे उनके एक सन्तान थी, जिसका नाम नरसुलतान था। सुलतान का लालन-पालन उसके दादा चकवैबैन द्वारा हुआ। नर सुलतान को युवा होने के पश्चात् अच्छी शिक्षा दी गई। शीघ्र ही वह घुड़सवारी, तीरन्दाजी में निपुण हो गया। समीप के प्रदेश के नवयुबकों गें उसकी धाक जम गई। उसका निशाना अचूक था। सुलतान की चपलता देखते ही बनती। वह नगर के कुएं पर जाकर बैठ जाता और जब पनघट से पनिहारिनें पानी लेकर लौटतीं तो वह अपने बाण से उनके 'दोघड़े' को निशाना बनाता। दोघड़े फूट जाते और पानी बिखर जाता। पनहारिनें सुलतान की शिकायत ले उसके दादा चकवैबैन के पास पहुंची। दादा का प्यार उमड़ पड़ा। पौत्र को क्या दण्ड दे! उसने पनहारिनों के लिए पीतल के दोघड़े बनवा दिये। अब सुलतान को नयी युक्ति सूझी। उसने अपने तीरों में लोहे के तीखे फल लगवा लिये और उन तीरों से निशाना साधने लगा। तांबे-पीतल के दोषड़े भी छिदने लगे। पनिहारिनें पुनः शिकायत ले राज-दरबार में जा उपस्थित हुई। राजा चकवैबैन न्यायप्रिय राजा था। उसने इस बार मंत्री से मंत्रणा की और सुलतान को देश-निकाले की सजा सुना दी।

चौपाइ -- कीचकगढ़ दरम्यान कुँवर सुलतान थे उनके अन्याई,
गगरी फोड़े पनिहारिन की राजा चौ दौड़ी आई।

दुबोला - राजा जी भरनें देय न नीर कुँवर सुलतान तुम्हारा।
नहीं दै सजाय उसै दो देस निकाला।
।। ख्याल रंगत महाराज की ।।
रय्यत को देखा-देखी सोच किया राजा,
महाराज दिया जब राजनीति पर ध्यान।
शहर-बदर बिला शक होंये यां से नर सुलतान।

नर सुलतान ! टेक

नहीं किया जरा अफसोस लिखा परवाना।
महाराज दे दिया पहरे वाले को,
ले जा इसके उठाकर बिस्तर काले को।
कहना जब आवै कुँवर हुकुम है राजे का,
महाराज तुम्हें है देस निकाले का।
किया साफ इंसाफ फकत परजा प्रणपाले को,
जब आया नर सुलतान कहा दरवान।
महाराज पुसो नहीं उलटा करो पयान।

।। शहर बदर 2 ।।

कड़ा -- सब हाल मुफस्सिल आगे का सबको नित नया सुनायेंगे,
नाजुक निहाल को जिस तारियां सुलतान ब्याह कर लायेंगे।

देश-निकाले की आज्ञा सुन सुलतान अपनी माता के पास गया और अपने पितामह की आज्ञा कह सुनाई। मां सुनकर अत्यंत दुःखी हुई। विलाप करने लगी। आज विधवा मां का एकमात्र आलम्बन उसका पुत्र भी विदेश जाने के लिए विवश किया जा रहा था। माता ने पुत्र को राजाज्ञा का विरोध करने के लिए कहा किन्तु पुत्र ने राजाज्ञा को प्राथमिकता दी तथा माता से कहा कि देश-निकाले की अवधि तो शीघ्र ही समाप्त हो जायेगी। वह शीघ्र ही लौट आयेगा।

माता धीरज धार ले मत हो दिल गमगीन,
विधाता के लेख में ना होती मेख ओ मीन।
परवाना दरवज्जे पे लाग रहया हुक्म सरकारी का,
देश छोड़ में अब हो जाऊं फिकर न विपदा भारी का।
मैनपाल का बेटा मैं, सुलतान से नाम मेरा,
दुःख मुसीबत से ना डरता वो सै जंगी काम मेरा।

चाहे उड़ जा चाम मेरा एक साथ काया सारी का,
जो कुछ लिखा मेरे करम में वा सब पाया है।
करम का लेख नहीं मिटता यो सबने बतलाया सै।
बढ़ापे में मन भरमाया सै फल यो किस्मत म्हारी का,
दादा का हुक्म सै माता मैं जरूर जाऊंगा।
तेरे चरण सिर नाऊं निभाऊं हुक्म दादा प्यारे का ।। 2 ।।

माता को प्रणाम कर तथा उसकी आशिष ले सुलतान कीचकगढ़ से चल पड़ा। चलते-चलते कई दिन बीत गये। भूखा-प्यासा सुलतान इन्द्रगढ़ जा पहुंचा। इन्द्रगढ़ में राजा कामध्वाज राज्य करता था जो उसके पिता महाराजा चकवेवेन का मित्र था। जब कामध्वाज को ज्ञात हुआ कि यह उसके मित्र का पौत्र है तो उसने उसे अपने पास रख लिया। सुलतान अब आराम से वहाँ रहने लगा था। कामध्वाज का पुत्र फूलसिंह सुलतान का समवयस्क था। वह शीघ्र ही उसका मित्र बन गया। प्रायः वे जंगल में आखेट के लिए साथ ही जाते। एक दिन जब सुलतान और फूलसिंह आखेट के लिए निकले तो उन्हें एक हिरण दिखाई दिया। उन्होंने अपने घोड़े दौड़ा दिये। हिरण तो भागता-भागता जाने कहाँ चला गया परन्तु वे केलागढ़ जा पहुंचे। केलागढ़ में राजा मघ राज्य करता था। दोनों पर्याप्त थक चुके थे। विश्राम आवश्यक था। अतएव समीप ही एक उद्यान देख उसमें जा पहुँचे।

श्रावणी तृतीया का दिन था। सखी सहेलियां उद्यान में झूला डाले झूल रही थीं, गा रही थीं, नाच रही थीं। दोनों राजकुमारों के कर्ण-कुहरों में सहेलियों की स्वर-लहरी झूमी। वे उत्सुकतावश उधर ही जा पहुंचे--

मघ की राजकुमारी बाग झूलन को सिधारी ।। टेक ।।
गुलरंगी के रुखसारों पैं छायीं जुल्फें कारी ।।
आफताब दो मात दस्त से जरा नकाब उबारी,
माह ने चाल बिसारी ।। 1 ।।
संग में सखियां दूर-दूर थीं बेशक खिली उजारी,
कुमर निहालदे ताज सबका है और कनीत बिचारी।
खूब गुल खिला हजारी।
मघ की राजदुलारी बाग झूलन को सिधारी।
जवाब निहालदे का--

प्यारी चम्पा बाग में फूली अजब बहार,
डाल हिंडोला है सखी मोरछली की डार।

चौपाई -- मोरछली की डार अलापो राग मलार अरी मिलके।
करो चिमन में मौज निकालो सब अरमां अपने दिल के।

दुबोला -- प्यारी जी ये अम्बर के रंग खिले हैं क्या-क्या ढंग के,
बोलत कोकिल कीर मोर और पीक निसके।

कड़ा -- अब पड़त फुहार बहार उठे, खिली आज चिमन में कली कली।
गाओ सब राग हिंडोलन के है रुत सावन की भली अली।

राजकुमारी निहालदे जो उन सखियों में सर्वाधिक सुन्दरी थी, को सुलतान देखकर स्तम्भित रह गया। इतना भला सौन्दर्य, अद्वितीय रूप। सखियां नवागन्तुकों को देखकर भाग गई अथवा छिप गई। राजकुमारी की दृष्टि भी सुलतान पर पड़ चुकी थी। वह उसका रूप देखकर मुग्ध हो गई थी-सुडौल, सुगठित एवं हृष्ट-पुष्ट शरीर, सुन्दर नख-शिख। निहालदे स्वयं को खो बैठी थी।

एकान्त और नवयुवक तथा नवयुवती ! श्रावण का मास, बूंदाबांदी प्रारंभहो गई। आकाश भी दोनों के प्यार पर मुग्ध था। एकान्त दोनों का मिलन हुआ। एक-दूसरे को वचन दिये--

इकली कुमर निहाल को रोक कहै सुलतान,
दिल मेरा घायल करें ये तेरी मुस्कान।

निहालदे पहले तो सुलतान के प्रति अपनी उदासीनता प्रगट करती है। आखिर भारतीय बाला प्रथम मिलन में ही अपना स्नेह क्योंकर प्रगट कर देती। परन्तु शीघ्र ही अपने अन्तर की बात कह डालती है--

हो आई है शाम दूर कर दो दिल से बेताबी,
कसम तुम्हारी है मुझको नहीं होगा फर्क जरा भी।
शादी साथ आपके होगी नर न करो गम ख्वारी।
मेरे भी दिल बीच बसा मुखड़ा तेरा महताबी,
सुनो मेरे शहजादे रंज गम सही न प्यार है।
यहाँ बेखटके रहना, जो तुमने कहा किया।
मंजूर आपका कहना।

दोनों ने वचन निभाने की कसमें खायी। उधर सखियों ने जाकर निहालदे की मां से नवागन्तुक की शिकायत की तथा कहा कि नवागन्तुक

ने ही निहालदे को रोक लिया है। मां ने राजा से जाकर कहा और सुलतान बन्दी बना लिया गया। फूलसिंह ने घोडे पर एड़ लगाई और दोनों के प्यार की चर्चा एवं सुलतान के बंदी हो जाने की बात अपने पिता कामध्वाज को जा सुनाई। कामध्वाज को अतीव दुःख हुआ कि राजा मघ ने यह क्या किया कि सुलतान को बंदी बना लिया। कामध्वाज स्वयं राजा मघ से मिला और दोनों के प्रेम की चर्चा की। राजा मघ से दोनों का विवाह कर देने का अनुरोध किया। राजा मघ मान गया परन्तु उसने कामध्वाज को अपना प्रण बतलाया जिसके अनुसार निहालदे का विवाह उस युवक से ही हो सकता था जो उसने राज्य में उत्पात करने वाले राक्षस को जान से मार दे। यह प्रण सुन कर राजा कामध्वाज को कुछ निराशा हुई क्योंकि उस राक्षस की शक्ति की चर्चा वह विगत पच्चीस वर्षों से सुनता चला आ रहा था। अतएव वह राजा मघ से चिढ़कर सुलतान से बोला--

निहाल दै मनै देती थी वानूर में भारी सै,
शान-शक्ल की अच्छी दीखै खुल्ली चर रई से।
जोबन में वा चूर हो रही अंधाई कररई सै,
शादी अब तक करी नहीं क्यूँ बिन ब्याह हाँसी सै,
के राजा की मति हररई सै इस भारी प्रण ढारी सै।

जब नर सुलतान को इस प्रण की चर्चा सुनाई गई तो वह अति प्रसन्न हुआ। उसने उस राक्षस को मार डालने का भार स्वयं ले लिया। फूलसिंह अपने मित्र का साथ क्यों नहीं देता? वह भी साथ जाने को तैयार हो गया।

कुछ सैनिक भी साथ ले लिये और वे राक्षस के राज्य में पहुंचे। राक्षस इन लोगों को देखकर गरजा। सभी साथी भाग खड़े हुए। नर सुलतान अकेला ही रह गया। उसका राक्षस के साथ मल्ल युद्ध हुआ। काफी लड़ाई के बाद अन्ततः राक्षस मारा गया। सारे राज्य में राक्षस की मृत्यु की खुशियां मनाई जाने लगीं। राजा मघ वे अपना प्रण निभाने की सूचना सभी को दे दी। कंवर निहालदे नर सुलतान के साथ ब्याही जाने को थी। निहालदे मन-ही-मन अति प्रसन्न थी। उसने विवाह का वचन नर सुलतान को अंजाने ही दे दिया था अब वह वचन निभा सकेगी।

राज्य-भर में खुशियां मनाई जा रही थीं। राजकुमारी का विवाह होने जा रहा था। सारा नगर सजा हुआ था। दोनों का विवाह सानन्द हुआ।

विदाई का समय था। निहालदे दुल्हन बनी सजी-सँवरी डोली में सवार होने को थी। सहेलियों ने अपनी सहेली को सीख दी।

सखियों की सीख सुनकर निहालदे का मन भर आया। वह सहेलियों को वियोग-विह्वल देख बिलख पड़ी। सच ही बचपन की सहेलियों का विछोह अत्यन्त ही कठिन है।

संध्या का समय होने को था। अभी इन्द्रगढ़ जाना था अतएव शीघ्र ही निहालदे की डोली सज गई और निहालदे कहारों पर डोली में सवार हो चल पड़ी पिया के देश। निहालदे के मन में अब उल्लास जागृत था। उसका प्यारा सपना जो वह युगों से देख रही थी वह आज साकार हो रहा था। इन्द्रगढ़ कुँवर पहुंच गई। राज-प्रासाद की महिलायें कुंवर का स्वागत करने आर्चीं-प्रत्येक के मन में उल्लास था--नयी दुल्हन जो आयी थी।

कुँवर निहालदे का रूप देखते ही बनता था। अतीव सुन्दरी कुँवर निहालदे नवयौवना दुल्हन बनी जो डोली में बैठी थी।

सुलतान तथा निहालदे एक-दूसरे के प्यार में गलतान थे। संसार की उन्हें चिन्ता नहीं थी। एक दिन फूलसिंह ने निहालदे को देखा। वह स्वयं को भूल बैठा। रूप के सामने वह मित्रता को भी तिलांजलि दे बैठा। एक बार जब वे दोनों आगे को गये तो फूलसिंह ने धोखे से नर सुलतान को मारना चाहा किन्तु निशाना चूक गया। नर सुलतान समझ गया पर बोला कुछ भी नहीं। उसने इन्द्रगढ़ छोड़ने का निश्चय कर लिया। नर सुलतान ने निहालदे को उसके पिता के घर जाने को विवश किया। अपने देश-निकाले की भी बात बताई। निहालदे उसकी बात मान गई। किन्तु उसने उससे कहा कि यदि वह देश-निकाले की अवधि के समाप्त होते ही श्रावणी तृतीया को वापस लौटकर न आया तो संध्या समय वह अपनी आहुति चिता में जलकर दे देगी। नर सुलतान ने उसे वचन दिया कि वह किसी भी दशा में उसकी बात नहीं टालेगा और निश्चय ही श्रावणी तृतीया को अवश्य ही पहुंच जायेगा। निहालदे अपने पिता के घर चली गई तथा नर सुलतान ने इन्द्रगढ़ छोड़ दिया।

नर सुलतान अपने भाग्य को कोसता तथा भावी की परिकल्पनायें बनाता चला जा रहा था कि वह एक नगर में जा पहुंचा। उस नगर में एक मकान के सामने हा-हाकार मचा हुआ था। उसने लोगों से पूछा कि यह सब क्या है? लोगों ने कहा कि समीप ही वन में एक शेर है जो प्रतिदिन ही लोगों

को तंग करता है किन्तु यदि कोई एक ही व्यक्ति स्वयं ही उसके पास पहुंच जाये तो वह नगर में नहीं आता और उसका शिकार कर अपना पेट भर लेता है। आज एक जौहरी की बारी थी जहाँ कोहराम मचा हुआ है। उस जौहरी का नया नया विवाह हुआ है और गई रात ही वह अपना गौना लाया है। नर सुलतान भी अपनी विपदाओं और परेशानियों से तंग आ चुका था... दूसरी ओर उसे यह भी विश्वास था कि वह शेर को मार गिरायेगा-अतएव उसने अपनी सेवायें जौहरी को समर्पित कीं। जौहरी एवं उसकी पत्नी नर सुलतान के प्रति आभारी थे। नर सुलतान वन में जा पहुंचा। शेर आया। उस पर झपटा ही था कि नर सुलतान ने अपनी तलवार के एक ही वार से उसकी गर्दन अलग कर दी। शेर का सिर ले नर सुलतान नरवरगढ़ नगर के राजा ढोला के पास गया। राजा अति प्रसन्न हुआ।

शीघ्र ही नरवरगढ़ के राजा ढोला ने सुलतान को अपनी मरवण के पास भेजा। मरवण इस नवयुवक को देखकर मन-ही-मन अति प्रसन्न हुई। उसने नर सुलतान से उसका परिचय पूछा-नर सुलतान ने अपना परिचय दे दिया।

नर सुलतान मरवण के यहाँ रहने लग गया। वह मरवण का अंग रक्षक नियुक्त हो गया। पर्याप्त समय बीतता गया। दोनों में पवित्र स्नेह था, राजा ढोला को शंका होने लगी। उसने सोचा इन दोनों में कुत्सित संबंध है-केवल बाह्य रूप से दोनों एक-दूसरे को भाई-बहन बतलाते हैं किन्तु ढोला का साहस न हो पाता कि वह मरवण को कुछ भी कह पाये।

भूपसिंह और धूपसिंह दो बनजारे थे जो राणी मरवण का हरण करने के लिए नरवरगढ़ आये। वे इस प्रतीक्षा में थे कि कब मरणव का अपहरण कर पायें। एक दिन जब मरवण बावड़ी में स्नान करने गई तो बनजारों ने उसे आ घेरा। मरवण सहायता के लिए चिल्लाई। नर सुलतान चीख सुनते ही घटना स्थल पर जा पहुंचा और उसने मरवण को बचा लिया। नर सुलतान और बनजारों का घमासान युद्ध हुआ। कुछ बनजारे काम आये, शेष भाग खड़े हुए। मरवण कुशलपूर्वक अपने रनिवास में लौट आयी। जब राजा ढोला को इस घटना का पता चला तो वह मन-ही-मन अत्यन्त ही लज्जित हुआ।

देश-निकाले की अवधि समाप्त होने को थी। कुंवर निहालदे अपने प्रियतम की अत्यन्त विकलता से प्रतीक्षा कर रही थी। किन्तु सुलतान का कहीं भी आभास नहीं मिल रहा था। एक दिन उसकी दासी से उसे ज्ञात

हुआ कि कुछ बनजारे नर सुलतान की प्रशंसा करते जा रहे हैं। निहालदे ने उन बनजारों से पुछवाया कि नर सुलतान कहाँ है। बनजारे नर सुलतान से हार खाकर तो आये ही थे। वे चिढ़े हुए थे। उन्होंने कहा कि नर सुलतान तो मरवण के प्रेम में गलतान नरवरगढ़ में रह रहा है। अब कभी भी आने का नहीं। यह समाचार सुन निहालदे अत्यंत ही दुखी हुई।

दासी ने निहालदे को सम्मति दी कि वह रानी मरवण को एक पत्र लिखे तथा उसकी अनाधिकार चेष्टा एवं उसके पति को वशीभूत कर लेने के संबंध में कोसे। निहालदे ने मरवण को कटाक्षों से भरा एक पत्र लिखा।

भाटे द्वारा मरवण को निहालदे का पत्र मिला। मरवण विचित्र स्थिति में थी। उसे अभी तक नर सुलतान ने नहीं बताया था कि उसका विवाह हो चुका है। अन्ततः उसने नर सुलतान से पूछा। नर सुलतान बोला कि पर्याप्त समय हुआ जब यह घटना घटित हुई थी। परन्तु मरवण ने तुरंत ही नर सुलतान को शीघ्रातिशीघ्र निहालदे के पास पहुंचने के लिए कहा। अपना घोड़ा भी उसे दिया।

नर सुलतान नीले घोड़े पर सवार हो चल पड़ा। उधर श्रावणी तृतीया की घड़ी बीती जा रही थी कि ठीक समय पर कुँवर निहालदे ने अग्निचिता तैयार करवाई और स्वयं चिता में जा बैठी। कुँवर निहालदे चिता में बैठी है। सभी लोग उसे इस कृत्य के लिए रोक रहे हैं। वह मान नहीं रही और अपने प्रियतम का ही स्मरण कर रही है।

कुँवर निहालदे सौभाग्यवती थी। उसने आज सती होने के लिए सोलहों श्रृंगार किये थे। लोगों ने बहुत रोका, मना किया किन्तु वह कहाँ मानने वाली थी। उसने अपने हाथों चिता को अग्नि दी। चिता धधक उठी। उसी क्षण लोगों के कानों में घोड़े की टापों की आवाप्त सुनाई दी। सभी चौकन्ने हो गये- यह कौन आ रहा है? पल मात्र में ही नर सुलतान का नीला घोड़ा चिता के पास आ खड़ा हुआ और नर सुलतान ने चिता में कूदकर कैवर निहालदे को बचा लिया।

राजा भले बखत पे आये, सिर के केस जलन नहीं पाये। सत्ती हो रही कंवर निहालदे ! स्वामी भले बखत पे आये। सिर के केस जलन नहीं पाये, सत्ती हो रही कंवर निहालदे। लिखी-लिखी परवाणा भेजे--सत्ती हो रही कंवर निहालदे! स्वामी भले बखत पे आये। राजा भले बखत पे आये, सत्ती हो रई कंवर निहालदे !

❐

11. चन्द्रावल

श्रावण के दिनों में पंजाब, कुरुप्रदेश, बुन्देलखण्ड, मारवाड़-राजस्थान, ब्रज तथा अवध प्रदेश में 'चन्द्रावल' अथवा 'चन्द्रावली' नामक एक गीतिकथा प्रचलित है।

किसी-न-किसी रूपान्तर के साथ यह कथा प्रायः सभी जनपदों में प्राप्य है। वास्तव में यूँ प्रतीत होता है कि चन्द्रावली के लिए गाए जाने वाले गीतों को चन्द्रावल संज्ञा दे दी गई है। मथुरा के समीप के प्रदेश में चन्द्रावली को मथुरावली कहा गया है। दोनों की कथावस्तु समान ही है। चन्द्रावली एक विवाहित महिला है जो अपने सतीत्व की लाज रखने के लिए कारुणिक स्थिति में जल मरती है परन्तु स्वयं को मुगल के वश में नहीं होने देती। वह अपने माता, पिता, भाई एवं सास श्वसुर, देवर तथा प्रियतम का मुख उज्ज्वल रखने के लिए मुगल के वश में होने की अपेक्षा अग्नि की लपटों में अपनी आहुति देकर कथा को अत्यन्त ही कारुणिक स्थिति में समाप्त करती है। विभिन्न जनपदों में पाठ-भेद अथवा शाब्दिक रूपान्तर हो जाना स्वाभाविक ही है। कहीं-कहीं मुगल की बजाय 'तुरक' कह दिया गया है। किन्तु कथावस्तु प्रायः वही है। सम्भव है विभिन्न जनपदों में विभिन्न परिस्थितियों के कारण साधारण-सा परिवर्तन हो गया हो।

चन्द्रावली अथवा मथुरावली स्वयं को अग्नि की भेंट कर समस्त पुरुष-समाज की पगड़ी की लाज रखती है। नारी समाज को पद्मिनी के जौहर की भाँति पुनर्जीवन देती है--

रोत चले बांके साहिबा
बिहंस चले राजा बीर।
राखी बहना पगड़ी की लाज,
ठाड़ी जरै मथुरावली।

उपरोक्त गीतिकथा श्रावणी तृतीया (तीजो) को विभिन्न जनपदों में झूले के जब गीत के बोल उभरते हैं तो मन भर-भर आता है। अनुमान किया जा सकता गीत के ढंग से गायी जाती है। इसकी धुन अति ही मोहक एवं हृदयविदारक है। है कि प्रस्तुत गीत पांच-छः शताब्दी से अधिक पूर्व का न होगा।

मुगल सेना हाड़ाराव की कमान में बढी चली जा रही थी। हाड़ाराव की सेना का एक मुगल अफसर अत्यन्त यौन-पीडित था। एक बार पानी भरती सात बहनों में से एक चन्द्रावल को उस मुगल ने पकड़ लिया--

सात सैंया के झूमखे, चन्द्रा पाणी ने जाय,
आई फौज हाड़ाराव की ज्यामें मुगल पठाण ।।
तम्मू तणो डोरी तणै, तणगो सारा सामान,
फौज बैठी हाड़ाराव की ज्या में मुगल पठाण ।।

-- *राजस्थानी लोकगीत*

सात बहिनि चन्द्रा सिकिया जे चरे,
सिकिंयां चिरै एरे सदौली के घाट जी।
आइंगे लस्कर मुगल के चन्द्रा पर बन्दी खान जी।

-- *अवधी लोकगीत*

चन्द्रावली सदौली के घाट पर पानी भरने आयी थी, उसकी सास ने मना किया था कि वह पानी भरने न जाये, श्वसुर ने भी रोका किन्तु चन्द्रावली पानी भरने चली गयी। घर में पानी जो न था--

"अब रुत आई, बाबा बीजगणे की
सासु बरजै, बऊरी, पणिया मत जाई,
डेरा पड़ा है मोगल के का दे लेगा तमुआं के बीच।"

-- *कौरवी लोकगीत*

भारतीय नारी को अपनी आन पर विश्वास है, उसका नारीत्व सदैव चिरंजीवी है। यदि मुगल पकड़ लेगा, अपने तम्बू में पकड़कर बन्दी कर लेगा तो वह उसके तम्बू को भी आग लगाने की सामर्थ्य रखती है। जो भी उसकी आन पर हाथ डालेगा, वह उसे समाप्त करके ही दम लेगी फिर वह भले ही तत्कालीन शासक ही क्यों न हो--

"सासु की बरजी न रहूं,

मैं तो पणियां भरूं झकझोल।
क्या करेगा मारा मोगल के का,
तमुआं में दे दूंगी आग।"

--कौरवी लोकगीत

लंबे-लंबे केशों वाली सुन्दरी चन्द्रावली पानी भरने चल पड़ती है। मार्ग में वही हुआ जिसकी सम्भावना थी। मुगल मिला। चंद्रावली हाथापाई करने लगी और उसने बलपूर्वक उसे पकड़कर बन्दी बना लिया।

अपने तम्बू में लाकर डाल लिया--
"पणिया चली चंद्रावली जिसके लंबे-लंबे केस।
डेरे से निकला मोगल के का लिया तमुआं के बीच।"

--कौरवी लोकगीत

चन्द्रावली बन्दी हो गई थी। मुक्त होने का कोई उपाय नहीं था। मुगल की शक्ति के समक्ष वह अबला बेचारी क्या करती ! तम्बू के झरोखों में से आकाश में एक चील को देखती है और अपना संदेश उस चील के द्वारा अपने पिता के पास भेजती है--

सरग भवन्ती चील री,
जाना बाबुल के देश,
जाना बाबुल के देश।
बाबुल हमारा से यूँ कहयो
चन्द्रा भई बन्दी बान, चन्द्रा हुई बन्दी बान
अब रुत आई झूला झूलन की।

--मालवी लोकगीत

पिता सुनते ही मुगल के तम्बू में आने को तैयार हो जाता है। घूस का बाजार गरम था। पिता सोच रहा है, लाख-डेढ़ लाख देकर मैं अपनी प्रिय कन्या चन्द्रावली को निश्चय ही छुड़ा लूँगा--

मोहरां देवां डेढ़लक्ख,
रुपये देआं लक्ख चार।
मिन्नत मुथाज्जी करके,
धी लवांगा छड़ा।

-- पंजाबी लोकगीत

चन्द्रावली अपने बन्दी होने की सूचना केवल अपने पिता को ही नहीं देती वरन् अपने मां-जाये भाई को भी भेजती है। मार्ग में जाते एक बटोही को कहती है कि तू मेरे पिता के पास जाना, मेरे भाई के पास जाना और जाकर कहना कि चन्द्रावली मुगल के तम्बुओं में बन्दी है--

"बाटे चलत बटेउड़े, इक सन्देश लेके जा।
मेरे बाबुल से नूँ कहो रे, बेटी तमुआं के बीच।
मेरे बीरन से नूं कहो रे, भैना तमुआं के बीच।"

--कौरवी लोकगीत

मुगलों के मुकाबले में अपनी असमर्थता देख बाप बेचारा रो पड़ा। भाई ने ज्यों ही सुना कि बहना बन्दी हो गई है, वह बेसुध हो, पछाड़ा खाकर गिर पड़ा--

"बाबुल सुण के रो पड़ा, बेटी तमुआ के बीच।
बीरन ने खाई पछाड़, भैना तमुआ के बीच।
बाबुल वहाँ से चल पड़ा, छकड़ों भर लिए दाम।"

--कौरवी लोकगीत

पिता और चन्द्रांवली के भाई अपने-अपने स्थानों से चल पड़े। बहन को छुड़ाना आवश्यक है, भले कुछ भी व्यय हो जाए। उन्होंने गाड़ियों में धन भर लिया। चन्द्रावली के बदले में भले कितना ही धन क्यों न व्यय हो जाए। वे लंबे केशों वाली चन्द्रावली को निश्चय ही छुड़ायेंगे--

"बेटी छुडाऊं चन्द्रावली जिसके लंबे-लंबे केश।
बीरन वहाँ से चल पड़ा छकड़ों भर लिए दाम।
भैना छुड़ाऊं चन्द्रावली जिसके लबे-लंबे केश।"

--कौरवी लोकगीत

पिता मुगल के पास पहुंचा, उसे कहा कि वह गाड़ी-भर धन ले ले और चन्द्रावली को छोड़ दे। चन्द्रावली का भाई भी मुगल के पास पहुंचा और उसे कहा कि वह चार हाथी और गाडी-भर धन ले ले किन्तु चन्द्रावली को छोड दे। मुगल दोनों की बात नहीं मानता। वह हाथ, आयी सुन्दरी चन्द्रावली को क्योंकर छोड़ दे।

"जा रे मुगल के छोकरे छकड़ों लीजो दाम।
बेटी छोड़ो चन्द्रावली जिसके लंबे-लंबे केश।

जा बीरन ने नूँ कहा, "हस्ती लीजो चार, छकड़ों लीजौ काम।
भैना छोड़ो चन्द्रावली जिसके लंबे-लंबे केश।"

--कौरवी लोकगीत

"चन्द्रा छोड़ी न जाये, चन्द्रा छोड़ी न जाये,
सुन्दर छोड़ी न जाय, चन्द्रा छोड़ी न जाये।

--मालवी लोकगीत

"अग्ग लांवा तेरे हीरयां नूं, लाल्लां जल जा।
ऐसी सुन्दर सोहणी, सात्थों छोड़ी न जा।
हाय वे सिपाहीजाद्या वे, सुन्दर छोड़ी न जा, छोड़ी न जा।"

-- पंजाबी लोकगीत

चन्द्रावली जानती है कि उसका पिता एवं भाई मानेंगे नहीं। यदि मुगल ने छोड़ा न तो वे लड़ेंगे, युद्ध करेंगे- भले ही वे मर क्यों न जायें। वह परिवार का नाश हो जाने से भय खाती है। यह भी जानती है कि वह अपनी लाज हर प्रकार बचा लेगी भले उसे स्वयं जलकर अपनी आहुति ही क्यों न देनी पड़े। वह अपने कारण अपने पिता के परिवार की आहुति क्यों दे। वह अपने पिता को वापस जाने का अनुरोध करती है। भाई को लौटने के लिए विवश कर देती है। उन्हें विश्वास दिलाती है कि वह अपने पिता की पगड़ी की लाज रखेगी, अपने भाई की टोपी की लाज रखेगी, उसकी राखी की लाज रखेगी। मुगल के वश में कदापि नहीं रहेगी। वह स्वयं अपनी आहुति देकर हो भारतीय नारी समाज को जीवन प्रदान करेगी-

"जा रे बाबुल घर आपणे, राखूँ पगड़ी की लाज
राखूं पंचों की लाज।
जा रे बीरन घर आपुणे राखू टुपिया की लाज
राखूं राखी की लाज।
पाणी न पीऊं मुगलिया का।
ख़ाना न खाऊं मुगलिया का।"

-- तवर धारी लोकगीत

भाई एवं पिता निराश लौट जाते हैं। उन्हें विश्वास हो जाता है कि उनके परिवार के सम्मान को, मान-मर्यादा को चन्द्रावली बचा लेगी। अब चन्द्रावली एक बटोही से कहती है कि वह उसकी ससुराल जाए और उसके

श्वसुर, देवर एवं प्रियतम से जाकर कहे कि चन्द्रावली को मुगल ने बन्दी बनाकर अपने तम्बू में रख लिया है।

"बाटे चलत बटऊड़ा रे, इक सन्देश लेके जा,
मेरे ससुर से नूँ कओ, बहू तमुआ के बीच।
मेरे देवर से नूँ कओ रे, भाभी तमुआ के बीच,
मेरे कन्त से नूँ कओ रे, गोरी तमुआ के बीच।"

-- *कौरवी लोकगीत*

श्वसुर इस सूचना के पाते ही रो पड़ा। देवर पछाड़ खाकर गिर पड़ा और निष्ठुर पति हँस पड़ा। उसे क्या, वह और ऐसी दो-चार ले आयेगा--

"ससुर सुन के रो पड़ा, देवर खाई रे पछाड़,
कन्त चौधरी हँस पर लाऊं ऐसी दो-चार।"

-- *तवर धारी लोकगीत*

श्वसुर गाड़ी भर लाया। देवर ने भी गाड़ी-भर धन, हीरे, मोती लिये और घटना-स्थल पर आ पहुंचा। मुगल से अनुनय-विनय की। चन्द्रावली को छोड़ने के लिए मुगल किसी दशा में भी तैयार न था। ऐसी सुन्दरी फिर कहाँ मिल सकेगी ? चन्द्रावली का हृदय विदीर्ण हो चुका था। सभी आए परन्तु निर्मोही प्रियतम नहीं आया। वह अब जीकर क्या करेगी ? जिसके लिए वह जीवित रहना चाहती है जब उसी को उस की चिन्ता नहीं, इससे तो प्राणों की आहुति दे देना ही श्रेयस्कर है। वह देवर एवं श्वसुर को वापस लौटा देती है। उन्हें कुल की मान-मर्यादा को सुरक्षित रखने का वचन देती है--

"ससुर वहाँ से चल दिया छकड़े भर लिए दाम,
बहू छुड़ाऊं चन्द्रावली जिसके लंबे-लंबे केस।
जा रे ससुर घर आपुणें राखूं पंचों की लाज।
देवर वहाँ से चल पड़ा छकड़ों भर लिए दाम।
भाभी छुड़ाऊं चन्द्रावली जिसके लंबे-लंबे केस।
जा रे देवर घर आपुणे, राखूँ दुपिया की लाज।"

-- *कौरवी लोकगीत*

कन्त हरामी हंस पया नीं व्याहुणे दा चा,
जा वे सिपाड्या वे जालमां।
रक्खाँ तेरी सेजदी लाज पाणी न पीवां मुगल दा,

मैं प्यासी मर जां।
अन्न न खावा मुगल दा भावें भुक्खी मर जां
रखां चीरे की लाज, रखां दाढ़ी दी लाज।
सेजा न जावाँ मुगल दी मैं ज्यूँदी जल जाँ
रखाँ सेजाँ दी लाज।"

-- पंजाबी लोकगीत

अब चन्द्रावली निराश हो चुकी है। वह मुक्ति की सोचती है। मुगल को कहती है कि उसके लिए पानी लाए, अन्न लाये। वह चूल्हा जलाकर भोजन पकायेगी। मुगल पानी भरने नदी की ओर जाता है। इधर चन्द्रावली ने तम्बू में आग लगा दी और देखते-ही-देखते तम्बू धू-धू कर जल उठा। चन्द्रावली के केश जलने लगे। उसका शरीर जल उठा। उसने अपने प्राणों की आहुति अपने पति की निठुराई के कारण दे दी और इस प्रकार अपने प्यार को अमरत्व प्रदान किया -

"जा रे मुगल के छोहरे, पणिया भर के ला
प्यासी मरे चन्द्रावली जिसके लंबे-लंबे केस।
जा रे मुगल के छोहरे, आटा लेके आ
भूखी मरे चन्द्रावली, जिसके लंबे-लंबे केस।"

--कौरवी लोकगीत

"मुगल गया सी पाणिये, पिच्छों गोरी चिखा वणा
जलण लगी सी नहुड़ी, उत्तों कन्त वी आ
लट बट बले चन्द्रावली।"

-- पंजाबी लोकगीत

"बाल जलें जैसे दूबिया, जीव कंवल के सा फूल
दांत जलें जैसे कोड़ियां, पेट जैसे मैदे की लोथ
बड़ी खड़ी जले चन्द्रावली जिसके लंबे-लंबे केस।"

--कौरवी लोकगीत

"तम्बू बले, डोरी बले, बलगो सारा समान
बीच बले चन्द्रा गोरड़ी, ज्यां का लांबा जी केस।"

-- राजस्थानी लोकगीत

मुगल वापस लौटा तो तम्बू स्वाहा हो चुका है। वह चन्द्रावली को

खोजने आगे बढ़ा। उसकी दाढ़ी में आग लग गई। वह सिर धुन रहा था और हाय-तोबा कर रहा था कि उसका प्रयत्न विफल रहा। उसके हाथ-पल्ले कुछ भी न लगा--

“मुगल देखतो रह गयो, होई चन्द्रा की राख,
ये धोका मन में रहा, क्यै मैं ल्यायो जी साथ।
खारी ए लूमण की बेलड़ी, फल लाग्यो ए ना फूल।
तोड़ी ही चाखा नहीं, धोका मनई मनड़ै रे भांय।”

-- *राजस्थानी लोकगीत*

“तोबा करे रे पठाण, अल्ला करे रे पठाण
ऊभी जलै रे चन्द्रावली।”

--*मालवी लोकगीत*

और पंजाबी का लोक-कवि इस प्रेम की विजय पर, नारी की जय पर ढोल मंगवाकर उत्फुल्ल हो उठता है। भारत की नारी की अमरकथा समस्त विश्व के नारी-समाज को अमरता प्रदान करती है--

“उट्ठीं वे बोल्ली डग्गा की लया,
मर गई भुगल पठाण दी।
जिंहड़ी लई सी चुरा,
जा वे सिपाहियां वे जालमा।”

-- *पंजाबी लोकगीत*

❒❒❒